당신에게
고양이

이용한 지음

당신에게
고양이

시골 집사와 다섯 냥이의
명랑한 동거생활

꿈의지도

고양이 와 인연을 맺은 지도 어느덧 11년이 되었다. 그러는 동안 강산도 변했고, 내 인생도 변했다. 변하지 않은 건 오늘도 고양이가 내 옆에 있다는 것. 여전히 집안에서 고양이털이 날리고, 우다다 거실을 달려가는 냥발굽 소리가 귓전에 메아리친다는 것.

돌이켜보건대 11년 가운데 집고양이들과는 10년을 함께 했다. 10년 전 길에서 힘겹게 살던 고양이가 같이 살자고 자진해 오면서 우리의 기묘한 동거도 시작되었다. 『당신에게 고양이』는 바로 그 동거묘의 만남에서부터 지난 10년간 함께한 다섯 고양이와의 아옹다옹 시골살이를 기록한 것이다.

사실 그동안 10여 권의 고양이 책을 펴냈지만, 집고양이 책은 이번이 처음이다. 애당초 집고양이 책은 출간을 생각해 본 적이 없었는데, 1년 전 한 커뮤니티의 제안으로 카카오 페이지에 연재물을 올린 것이 예상외의 좋은 반응을 얻었다. 그로 인해 몇몇 출판사로부터 출판제의도 받았고, 이렇게 출간에 이르게 된 것이다. 다만 시간이 지난 만큼 이번 책에는 연재물에 실리지 않은 11편의 이야기가 추가되었다.

10년간 고양이와 동고동락하면서 내 인생에도 많은 변화가 있었다. 처음에는 고양이들에게 내가 밥을 주고 공간을 내줌으로써 도움을 준다고 생각했는데, 오히려 고양이로부터 더 많은 도움을 받고 있음을 알게 되었다. 무엇보다 그들로 인해 나는 이 지루하고 고루한 세상을 견딜 수 있었다. 때때로 그들의 엉뚱한 행동과 날카로운 발톱은 나태한 마음과 무뎌져가는 내 상상력을 자극했다.

대체로 우리 삶이 무미한 관계로 가급적 나는 자세를 낮춰 고양이가 추구하는 재미를 따라가고자 했다. 대책 없이 긍정적인 그들의 방식으로 쓸데없는 나의 근심을 달랬다. 부디 이 책을 읽는 당신도 그러하기를 바란다. 세상의 모든 랜선 집사들 또한 속히 귀여움으로 무장한 고양이의 강력한 지배를 받게 되기를 희망한다.

2018년 여름에 이용한

차례

제5부

등장 고양이

랭보
(우, 10세)
안방마님

고(故)랭이
(웅, 8세)
개그냥

루
(우, 9세)
원조 까칠냥

전형적인 삼색이. 길고양이 노랑새댁이 낳은 새끼였는데, 사료배달을 간 어느 날 내 가슴에 올라와 집까지 따라옴. 몸이 다소 약한 편이고, 마른 체구에 온순한 성격임. 취미는 창밖 구경하다 졸기.

전형적인 고등어. 힘을 앞세워 집안의 대장냥이가 되었으며, 남의 사료까지 빼앗아 먹다가 8kg이 넘는 거묘로 성장함. 취미는 먹고 또 먹기. 약 8년간 우리와 함께 살다 고양이별로 떠남.

카오스에 가까운 삼색이. 어릴 때는 내 무릎을 도맡아 차지하더니 자라면서 점점 까칠하고 까다로운 성격으로 변함. 성묘가 되면서 여러 번 랭이의 대장냥이 자리를 노렸으나 실패했고, 랭이가 떠난 뒤에야 대장냥이로 등극함. 취미는 무조건 드리블하기.

체
(♂, 9세)
소심냥

니코
(우, 9세)
까시냥

생강이
(우, 7개월)

전형적인 고등어. 어려서는 귀여움 폭발, 자라서는 두려움 폭발. 바깥에서 택배 아저씨 발자국 소리만 들려도 혼비백산 달아나 숨어버리는 겁쟁이. 성격은 온순한 편이며, 매사에 소극적임. 취미는 죽은 척하기.

어쨌거나 고등어. 막내 고양이로서 집안의 귀여움을 담당하고 있음. 하지만 녀석에게 선반에 있는 물건은 떨어뜨리기 위해 존재하며, 벽지는 뜯어내라고 있는 것임. 질투가 많고, 애교도 많은 얌체 성격. 취미는 낙하 실험.

전형적인 노랑이. 장인어른이 산책을 갔다가 생강나무 아래서 구조(2017년 가을)해옴. 칼리시 감염으로 세 번에 걸쳐 병원 치료를 받고 살아남. 몸이 회복되자 야생본능이 살아나며 과거 니코를 능가하는 사고뭉치로 등극함.

당신에게
고양이

"너로 정했어!"

이 지구별에서 한 인간(70억 인구 중에)
이 한 고양이(전 세계 6~10억 마리)를 만난다는 것은 기적에 가까운
인연이다. 서로 종(種)이 다른 생명과의 만남. 나에게도 그 기적 같
은 일이 일어났다. 캣대디 1년차였던 어느 가을의 일이었다. 여느
때와 다름없이 사료 보따리를 들고 동네 한 바퀴를 돌고 있었는데,
연립주택 공터에서 처음 보는 고양이 가족과 마주쳤다. 노랑새댁
가족과의 첫 만남이었다.

네 마리의 노랑이와 한 마리의 삼색이 새끼를 거느린 노랑새댁
은 처음 만나는 나에게 스스럼없이 다가와 몸을 부비고 한참이나
발라당을 선보였다. 조심스럽게 손을 내밀자 자신이 먼저 스윽하고

볼 냄새도 묻혔다. 뒤에 엉거주춤 서 있던 새끼들도 덩달아 내 앞으로 오더니 단체 발라당을 하기 시작했다. 이틀 전 이곳에서 힘겹게 닭뼈를 씹는 아깽이를 만나 그 날부터 이곳에 사료를 배달하기 시작했는데, 가족 모두가 새로 오픈한 이 급식소의 고객이었던 거다. 그러니까 지금 내가 보고 있는 퍼포먼스는 고맙다는 인사를 단체로 하고 있는 거였다.

그런데 무리 속 삼색이의 얼굴이 낯설지가 않다. 얼마 전 닭뼈를 씹고 있던 그 아이가 틀림없었다. 노랑새댁의 여식이었구나. 삼색이는 그냥 발라당에 그치는 것이 아니라 아예 내 무릎을 점령하더니 한동안 내려갈 생각을 하지 않았다. 억지로 녀석을 내려놓고서야 나는 자리에서 일어설 수 있었다. 한국의 길고양이가 단체로 이러기도 쉽지 않지만, 이런 길고양이가 존재하는 것도 엄연한 현실이었다.

노랑새댁네 급식소는 언제나 문전성시를 이루었다. 삼색이는 이후에도 밥을 주러 갈 때마다 내 무릎 위로 올라와 한참을 앉았다 내려가곤 했다. 어쩌면 엄마인 노랑새댁이 삼색이에게 귀띔을 해 주었는지도 모른다. 저 아저씨 따라가면 따뜻한 곳에서 평생 고깃국 먹을 수 있다고. 주변의 이야기를 들어보니 이런 경우가 바로 간택을 당한 거라고 했다. 한번은 내가 녀석을 내려놓고 일어서려 하자 곧바로 다시 가슴에 안겨 떨어지지 않는 거였다. 내가 녀석을 가슴에 매달고 몇 십 미터를 가도 녀석은 내 가슴에 찰싹 매달려 있었

다. 하지만 교회를 지나 사거리가 가까워지자 덜컥 겁이 났는지 녀석은 내 가슴에서 내려와 급식소로 되돌아갔다.

녀석이 다시 내 가슴에 매달린 건 사흘 정도의 시간이 지나서였다. 제법 쌀쌀한 날씨였고, 녀석이 좋아하는 파우치를 간식으로 줬는데도 녀석은 가슴에서 내려갈 생각을 하지 않았다. 뒤에서 목덜미를 들어 올려도 녀석은 완강하게 내 옷에 발톱을 박고 버티었다. 그 행동이 얼마나 절실했는지, 나중에 보니 내 가슴에 손톱만큼의 영역표시가 되어 있었다. 한참이나 나는 녀석을 안은 채 놀이터 입구에 엉거주춤 서 있었다. 미처 마음의 준비가 안 돼 있었기 때문이다. 그러나 녀석은 이미 작정하고 매달린 것 같았고, 차마 뿌리칠 수가 없었다. 그건 마치 이렇게 채근하는 듯했다. "너로 정했어! 그러니까 이제 그만 가지. 시간도 늦었는데……."

결국 나는 녀석을 가슴에 품고 집으로 돌아왔다. 집으로 온 녀석은 넉살좋게 집안을 한 바퀴 휘~, 돌아보더니 '집이 좁지만 뭐 사는 데는 지장이 없겠어' 하는 표정으로 내 의자를 점령하고 앉았다. 그렇게 랭보는 우리 집으로 왔다. 녀석의 이름이 랭보인 까닭은 간단하다. 녀석이 집으로 온 날 내가 책상에서 보던 시집이 랭보 시집이었다. 다른 이유는 없었다. 저녁이 되어 아내가 퇴근을 했는데도 녀석은 잘 알고 있다는 듯 처음 보는 아내에게 야옹, 하고 인사를 하더니 한참이나 환영의 발라당을 선보였다. 아내는 '이럴 때 나도 발라당 답례를 해야 하는 거야' 하면서 아끼던 고양이 캔을 따주었다.

나중에 동물병원에 가서 알게 되었지만, 랭보는 약 3개월령인데도 이가 부실해 이빨만 보자면 한 달도 안 된 아깽이 같다고 했다. 그 성치 않은 이로 닭뼈를 씹느라 이미 이빨 몇 개는 망가져 있었다. 녀석은 날도 추워지는데, 그런 상태로 길에서 살 수는 없다고 여겼던 모양이다. 아내는 덧붙였다. "노랑새댁이 시켰네. 그런 몸으로는 추운 겨울을 날 수 없으니 이 아저씨 따라가라고. 얼마 전 노랑새댁의 격한 환영 세리모니도 왠지 그런 꿍꿍이가 있었던 건 아닐까?"

우편배달부

    집으로 온 랭보는 마치 백만 년 전부터 여기에 살았다는 듯 느긋하고 자연스러웠다. 녀석은 베란다의 세탁기 위를 자신의 영역으로 삼은 듯했다. 그곳은 우리 집에서 햇볕이 가장 잘 드는 장소이자 바깥 풍경이 훤히 내다보이는 전망 좋은 곳이기도 했다. 녀석이 두 번째로 좋아하는 곳은 내가 주로 앉아서 작업하는 의자였다. 내가 컴퓨터를 하느라 의자에 앉아 있으면 어쩔 수 없이 녀석은 내 무릎 위로 올라와 있지만, 내가 자리를 뜨면 곧바로 의자를 독차지한 채 만족한 표정을 짓곤 했다.

    랭보는 고양이답지 않게 매사에 신중하고 조심스러웠다. 아내의 화장대에 올라가서도 물건 하나 떨어뜨린 적이 없다. 얌전한 랭보가 가장 열광적인 반응을 보일 때는 언제나 내가 사료배달을 다녀온 직후였다. 녀석은 정말 열성적으로 내 몸 구석구석을 쿵쿵거리며 수색했다. 그런데 랭보만큼이나 열심히 내 몸을 수색하는 녀석이 있었으니, 노랑새댁이었다. 그렇다. 둘은 나를 통해 서로의 안부를 확인하고 있었던 거다.

어쩐지 내가 사료배달을 나갈 때면 랭보는 내 바지와 손에 수십 번 볼을 부비며 냄새를 묻혔다. 어머니 전상서, 어머니 난 여기서 잘 살고 있어요, 걱정하지 마세요 하는 일종의 편지였다. 급식소 배달을 가서 사료를 내려놓을 때면 어김없이 이번에는 노랑새댁이 와서 랭보가 보낸 편지를 확인했다. 쿵쿵거리며 랭보가 쓴 장문의 편지를 다 읽었다. 그러면 또 노랑새댁은 내 가랑이에 얼굴을 문지르며 답장을 썼다. 딸내미 보아라, 춥지는 않더냐, 이 아저씨가 못살게 굴지는 않느냐, 에미 걱정은 말아라, 남매들도 잘 있단다, 그럼 이만.

가끔은 남매였던 노랑이들도 나에게 와서 답장을 썼다. 막내야, 부럽다, 이 짱 맛있는 음식을 너는 매일 먹겠다 그치, 하면서. 어쩌면 이즈음의 나는 사료배달부보다 우편배달부의 역할이 더 컸는지 모른다. 실제로 노랑새댁은 사료를 내려놓아도 식사는 뒷전이고 편지부터 읽곤 했다. 랭보 또한 내가 집으로 돌아오면 만사를 제쳐두고 엄마의 편지를 읽었다. 나는 이 모녀간의 편지를 전달하는 게 기뻤다. 몸이 허약해 길에서 살 수 없는 자식을 나에게 보낸 어미

심정을 내가 어찌 다 알겠는가마는 이것 하나만큼은 알 것 같았다.
모녀가 매일같이 주고받는 편지가 얼마나 그립고 아름다운 것인지.

안녕 노랑새댁은 고마웠어요

겨울은 역시 추웠다. 랭보는 실내에서 추위라는 것을 모르는 고양이로 살게 되었지만, 바깥에 두고 온 녀석의 식구들은 온몸으로 겨울의 추위와 사람들의 냉대를 견디며 살고 있었다. 밥이야 내가 챙겨 준다지만, 추위만큼은 해결해 줄 수가 없었다. 랭보와 노랑새댁은 여전히 나를 통해 편지를 주고받았다. 겨울을 나는 동안 노랑새댁네 첫째 노랑이는 영역을 떠난 것인지, 사고를 당한 것인지 행방불명되었고, 다른 노랑이 형제 중 한 마리가 연립주택 주차장에서 로드킬로 무지개다리를 건넜다.

한 녀석이 비명횡사하고 한 녀석은 떠나고, 그 무렵부터 공교롭게도 노랑새댁네 식구들은 나를 대하는 태도가 예전 같지 않았다. 근래 급식소에 어떤 불미스러운 사건이 있었는지 알 수는 없지만, 무슨 일이 일어난 것만큼은 분명해 보인다. 그렇지 않고서야 어제까지 내 가랑이에 냄새를 묻히고 바로 앞에서 발라당을 하던 녀석들이 저렇게 돌변해 거리를 두고 나를 지켜보겠는가. 매일같이 내 다리와 손에서 랭보의 편지를 읽고 답장까지 써주던 노랑새댁조차 1~2미터의 거리를 두기 시작했다.

편지를 읽을 수 없으니 답장을 써줄 수도 없었다. 랭보는 더 이상 엄마의 편지가 오지 않자 걱정스러운 눈빛으로 나를 바라보곤 했다. 평소보다 창밖을 바라보는 시간도 훨씬 많아졌다. 랭보는 계속해서 편지를 보냈지만, 계속해서 답장을 받을 수가 없었다. 그렇게 겨울이 가고 봄이 왔다. 내가 살던 집은 전세 계약도 끝이 났고, 이사를 갈 수밖에 없는 상황이 되었다. 오래전부터 마당이 있는 집에서 살고 싶었던 우리 부부는 아파트 대신 시골에 신혼집을 마련했다.

이사를 오기 전 편지를 기다리는 랭보를 위해 나는 마지막으로 노랑새댁을 찾았다. 오랜만에 통조림 인심도 쓰고 사료도 넉넉하게 부어주었다. 내 기분 탓이었을까. 그날따라 노랑새댁의 얼굴은 약간 슬퍼 보였다. 나는 더 이상 답장이 없는 노랑새댁에게 가만히 손을 내밀었다. 멀리서 랭보의 냄새라도 났던 걸까. 경계심을 보이면서도 노랑새댁은 한발씩 조심스럽게 나에게 다가왔다. 그러고는 아주 잠깐 킁킁거리며 랭보의 편지를 읽었다. 엄마, 괜찮아요? 무슨

일 있는 거 아니죠? 안부를 확인한 노랑새댁은 짧게 답장을 썼다. 내 손등에 딱 한번 볼을 문지르고는 멀찌감치 뒤로 물러났다. 난 괜찮다. 걱정하지 말아라.

그게 마지막 편지였다. 나 또한 노랑새댁에게 인사를 건넸다. 안녕 노랑새댁은 고마웠어요. 랭보는 내가 끝까지 책임지고 잘 키울게요. 집으로 돌아와 나는 노랑새댁의 마지막 소식을 전해주었다. 랭보는 한참이나 내 손등에 코를 대고 킁킁거렸다.

이튿날 우리 부부와 랭보는 6번 국도를 달려 한적한 시골에 도착했다.

영역을 옮기다

봄이었고, 우리는 영역을 옮겼다.

오래전부터 꿈꿔 왔던 마당 있는 집이다. 대출금을 갚아야 하는 걱정 따위 뒤로 하고, 한동안 우리는 시골살이의 낭만을 누리기로 했다. 테라스에 나가 커피도 마시고, 추녀 끝에 댕강거리는 풍경도 하나 달았다. 하지만 랭보는 낭만보다 불만이 가득했고, 호기심보다 두려움이 앞섰다. 랭보에겐 새로운 영역을 받아들일 마음의 준비가 아직 안 돼 있었던 거다. 더는 엄마의 편지도, 형제들 소식도 듣지 못한다는 사실을 직감한 탓일까. 트렁크에 실려 오면서도 랭보는 내내 울었다. 어디로 가는 거예요. 내가 살던 곳에서 점점 멀어지고 있잖아요.

봄이었고, 바람에서도 물냄새 풀냄새가 났다.

새로운 영역에 던져진 랭보는 모든 걸 처음부터 다시 시작해야만 했다. 아니 어쩌면 스스로의 의지로 따라온 처음보다 억지로 끌려온 지금의 상황이 더 나빴을 것이다. 랭보가 처음 집으로 왔을 때만 해도 마치 어제도 와본 것처럼 구석구석을 탐색하더니 이사한 곳에서는 첫날부터 구석에 숨어 나올 생각을 하지 않았다. 저런 겁쟁이가 어떻게 길에서 3개월을 살았을까 싶지만, 고양이란 어차피 이해할 수 없는 동물이므로 이해할 수 없는 행동을 한다 해도 우리는 이해해야만 하는 것이다.

어쨌든 지금은 녀석의 두려움을 덜어줄 필요가 있었다. 이럴 때 가장 좋은 방법은 역시 은신박스를 만들어주는 것이다. 서둘러 박스에 구멍을 뚫어 은신박스를 만들어주었더니, 이 녀석 거의 나흘이나 꼬박 박스와 화장실만 오가며 지냈다. 당연히 밥도 박스 안에서 먹고, 잠도 박스 안에서 잤다. 주변 집사들의 이야기를 종합해보니 랭보의 반응은 이상할 것도 없이 그저 자연스러운 것이었다. 새로운 공간에 적응해가는 과정의 일부라는 것이다.

랭보가 새로운 영역을 활보하기 시작한 것은 정확히 닷새의 시간이 지나서였다. 뒤늦게 호기심과 모험심이 발동한 랭보는 구석구석 코를 쿵쿵거리며 다녔고, 볼을 부비며 체취를 묻히고 다녔다. 어제의 랭보와 오늘의 랭보는 같은 랭보인가 싶을 정도로 확연히 달랐다. 오, 여기 흥미진진하구먼. 집도 훨씬 넓어 우다다하기 좋겠군!

난데없이 녀석은 1층에서 2층으로 이어진 나무계단에서 우다다를 하더니 마지막 계단에서는 멋지게 텀블링을 선보였다. 녀석은 이 집이 2층으로 되어 있는 수직 공간이라는 점을 맘에 들어 했다. 한 번 우다다를 선보인 이후로 녀석은 툭하면 1층에서 2층으로 내달렸다. 원래 랭보가 저렇게 역동적인 고양이가 아닌데, 이상할 정도였다.

도심에 살 때는 누리지 못했던 취미생활도 생겼다. 거실에서 마당과 테라스를 오가는 새를 구경하는 것이다. 이사 온 뒤부터 마당과 테라스에 길고양이용 사료를 놓아두었는데, 고양이보다 새들이 더 자주 급식소를 들락거렸다. 까치는 물론 박새와 참새, 동고비, 심지어 딱따구리까지 새의 종류도 다양했다. 테라스에 새가 날아올 때마다 랭보는 사냥본능을 억제하지 못해 캬르르 캬르르 채터링을 하고 쓸데없이 발톱을 세우곤 했다. 랭보가 몸이 약하고 성격이 차분하긴 해도 길고양이 출신답게 가끔은 날래고 거침이 없었다.

특히 실내로 들어온 나방이나 벌레를 잡을 때 그랬다. 한번은 컴퓨터 앞에서 한창 마감을 하고 있는데, 랭보가 입에 무언가를 물고 나타났다. 제법 큰 나방이었다. 녀석은 그것을 작업 중인 컴퓨터 앞에 떡하니 내려놓고는 사라졌다. 집으로 온 뒤 첫 번째로 사냥한 포획물을 나에게 선물로 가져온 것이다. 이후에도 툭하면 딱정벌레며 귀뚜라미를 잡아다 내 책상 위로 가져오곤 했다. 시골을 좋아하는 것치고는 벌레를 엄청나게 무서워하는 아내는 무심코 내 책

상에 앉았다가 정말 놀란 고양이처럼 의자에서 10센티미터쯤 폴짝 뛰어오른 적도 있다. 랭보가 딱정벌레를 책상에 올려두었던 것이다. 아내가 꺄악, 하고 비명을 내지르자 랭보는 "거봐 좋아할 줄 알았어." 하면서 거실로 나가 또 다른 사냥감을 찾아다녔다.

봄이었고, 물 댄 논에서는 밤새 개구리 소리가 봄잠을 흔들었다.

식혜 먹은 고양이처럼

유럽에는 우리가 상상할 수 없을 만큼의 무수한 고양이 관련 속담이 존재한다. 한 예로 〈독일어 속담사전〉에는 '고양이'라는 단어가 나오는 속담이 무려 900여 개나 된다고 한다. 뿐만 아니라 유럽에서는 이미 수천 종류의 고양이 책들이 쏟아져 나왔다. 유럽의 무수한 시인과 소설가들 또한 오랜 세월 고양이와 함께 동거해왔다. 그들은 고양이가 미지의 세계로부터 영감을 가져다줄 것이라고 믿어 의심치 않았다. 실제로 고양이가 영감을 가져다주었는지는 알 수 없지만, 확실한 것은 고양이가 함께 사는 동안 기쁨과 위안을 가져다준 것만큼은 어김없는 사실이다.

우리나라에서도 예외가 아니다. 고양이에 관한 속담은 우리나라에서 그 어떤 동물보다 많은 편이다. 이를테면 이런 것들이다.

"얌전한 고양이 부뚜막에 먼저 올라간다" (믿었던 사람이 일을 망치거나 설레발 칠 때)

"고양이 목에 방울달기" (실행하지 못할 것을 두고 분분하게 말만 많을 때)

"고양이 쥐 생각한다" (걱정하지도 않으면서 걱정해주는 척할 때)

"고양이 앞에 쥐" (더는 빠져나갈 구멍이 없을 때)

"고양이 쥐 놀리듯 한다" (눈앞의 먹이를 바로 먹지고 않고 가지고 논다는 의미)

"고양이 덕은 알아도 며느리 덕은 모른다" (미운 며느리를 일컬을 때 쓰는 말)

"고양이에게 생선가게 맡긴 격" (잃을 것이 뻔한 상황에서)

"고양이에게 반찬 달라는 격" (경우에 어긋난 행동을 할 때)

"고양이 불알 앓는 소리" (듣기 싫은 소리를 쉼 없이 주절거릴 때)

"약은 고양이가 밤눈 어둡다" (제 꾀에 제가 넘어간다는 뜻)

"고양이 세수하듯 한다" (일을 대충대충 할 때)

"고양이 낯짝" (매우 좁거나 형편없을 때)

"고양이도 쥐를 잡을 때는 울지 않는다" (어떤 일을 하더라도 최선을 다하라)

"고양이와 개" (서로 앙숙인 관계)

"식혜 먹은 고양이처럼" (어떤 죄를 짓고 그것이 들킬까 봐 전전긍
  긍하는 자세)

　이 많은 속담 중에 나는 "식혜 먹은 고양이처럼"이란 속담을 좋
아한다. 머릿속에서 식혜 먹은 고양이를 상상하는 것만으로 그저
웃음이 난다. 하지만 현실은 속담과 다를 때가 많다. 한번은 집들이
를 하고 나서 밥이 한 솥이나 남아 뒤처리를 고민하다가 식혜를 담
그기로 했다. 아내가 처음으로 시도해본 식혜였지만, 맛은 꽤 그럴
듯했다. 우리가 식탁에 앉아 식혜를 먹는 걸 보더니 랭보 또한 식탁
으로 올라왔다.
　때마침 아내가 "식혜 먹은 고양이처럼"이란 속담을 꺼냈다. 나
는 속담을 확인해보고 싶은 마음에 식혜를 한 국자 간장 종지에 퍼
담아 랭보에게 내밀었다. 호기심이 발동한 랭보가 눈빛을 반짝거
리며 곧바로 식혜를 한 입 맛보았다. 그러나 우리가 예상한 것과 달
리 랭보는 뭐 이런 맛없는 게 있느냐며 발을 탈탈 털며 식탁을 내려

갔다. 속담에 나온 고양이를 기대했던 우리는 완전히 실망해서 속담의 의미를 의심했다. 그래 개묘차(고양이 각각의 개성)가 있는 거니까. 옛날에는 분명 식혜를 좋아하는 고양이도 있었을 거야.

사실 위에 적어놓은 속담은 고양이와 관련된 속담의 일부에 불과하다. 이토록 고양이에 관한 속담이 많다는 것은 그만큼 고양이에 대한 사람들의 관심도 많았다는 얘기가 된다. 어쩌면 그렇게 오랫동안 인간의 곁에 살면서도 사람들은 늘 고양이를 미지의 동물로 여겼고, 그에 대한 궁금증이 온갖 속설을 낳았는지도 모르겠다.

10년의 세월이 흘러 뒤늦게 우리집으로 온 생강이에게 한 번 더 "식혜 먹은 고양이처럼" 속담을 확인해보고 싶었다. 오, 이 녀석은 간장 종지에 담긴 식혜를 찹찹거리며 맛나게 잘 먹는다. "그래, 괜히 저런 속담이 있는 게 아니었어."

강아지에 대처하는 고양이의 자세

천둥벌거숭이 강아지 한 마리가 집으로 왔다. 도심의 한 아파트에서 키우다 일주일 만에 버려질 위기에 처한 녀석을 임시보호하기로 한 것이다. 우리 집에는 이미 고양이 랭보와 강아지 두보가 있는 관계로 이 녀석을 키울 수는 없는 노릇이었다. 그래도 녀석에게 있을 동안 부를 이름이 필요해서 촌스럽게 '꽃비'라는 이름을 붙여주었다. 문제는 꽃비가 온 뒤부터 고양이 랭보에게는 수난이 시작되었다는 거다.

첫째 날에는 자기 영역을 침범한 하룻강아지를 아예 쳐다보지도 않고, 2층에 올라가 거실로는 나올 생각도 하지 않았다. 그러나 둘째 날부터 태도가 달라졌다. 랭보는 '어차피 여긴 내 영역이고, 내 영역을 돌아다니지 못할 이유가 없어. 게다가 저 녀석은 아직 어린 강아지에 불과해'라고 생각한 듯했다. 불편한 기색이 역력했지만, 랭보는 요리조리 강아지를 피해 다니며, 탈탈 발까지 털고 다녔다. 다들 알겠지만 고양이가 발을 턴다는 것은 뭔가 마음에 들지 않는다는 의사표현이다.

아무것도 모르는 천둥벌거숭이는 영역 따위에는 전혀 관심도 없었고, 그저 움직이는 물체가 보이면 무조건 달려들고 보는 것이었다. 특히 몸집이 자신보다 작은 랭보는 장난과 돌진의 집중 목표가 되곤 했다. 심지어 하룻강아지 고양이 무서운 줄도 모르고 꽃비는 랭보 앞에서 앞발을 들어 올리거나 크엉 컹 짖어대기도 하는 거였다. 개가 앞발을 들어 올리는 것은 반가움과 접촉을 원한다는 표시이겠지만, 고양이에게는 이것이 경고나 공격의 메시지나 다름없다. 꽃비가 앞발을 들어 올릴 때마다 랭보는 귀를 쫑긋 세우고, 털을 부풀려 꽃비에게 화가 났음을 알렸다. 그러나 의사소통이 전혀 안 되는 꽃비는 그러거나 말거나 천방지축 달려들었다.

셋째 날부터는 랭보도 가만있지 않았다. 꽃비가 컹컹 짖거나 발을 들어 올릴 때면 앞발을 45도 각도로 들어 올렸다가 이마를 한 대씩 쥐어박곤 했다. 그러나 신기하게도 랭보는 꽃비 녀석이 아무것도 모르는 새끼라는 것을 아는지 한 대 쥐어박을 때마다 상처를 내지 않으려고 발톱을 숨겼다. 그러니 맞아도 하나도 안 아픈 꽃비는 이것이 장난치는 것인 줄로만 알고 더욱 달려드는 것이다. 아예

꽃비는 집안에 적응되어 갈수록 기차놀이하듯 랭보의 뒤를 졸졸졸 따라다녔다. 랭보는 귀찮아 죽겠다는 표정으로 한 대씩 쥐어박아보지만, 꽃비의 행동을 제어할 수는 없었다.

꽃비가 온 지 일주일이 지나면서 랭보는 이제 나름대로 꽃비에 대처하는 요령을 터득했다. 그것은 최대한 꽃비와의 접촉을 피하는 것이다. 이를테면 탁자, 계단, 의자, 책장, 책상, 창턱에 올라가 있거나 거실을 돌아다니다가도 꽃비가 귀찮게 굴 때면 곧바로 높은 곳으로 올라가 버리는 것이다. 그리고 어쩔 수 없이 자신의 영역에 들어온 꽃비의 존재도 인정했다. 엄연히 걷고, 뛰고, 따라다니는 녀석을 인정하지 않을 수가 없었던 것이다. 차라리 인정해 버리는 것이 속 편했을 것이다.

강아지와 랭보의 불편한 동거는 보름 정도 지속되었다. 다행히 꽃비를 입양하겠다는 곳이 생겨 보름째 되던 날 랭보에게 마지막 인사를 시켰다. 랭보는 시원섭섭하다는 듯 꽃비에게 다가와 코를 맞대고 볼을 부비는 것으로 이별 인사를 대신했다. 천둥벌거숭이는 여전히 아무것도 모른 채 랭보에게 컹컹 짖었다. 꽃비를 입양한 곳은 다름 아닌 처가였다. 그곳에 터줏대감 개가 있긴 했으나, 우리 집 사정을 아는지라 꽃비를 맡아주기로 한 것이다. 랭보는 다시 혼자가 되었고, 평온한 일상을 되찾았다.

꽃보다 나방

열마 전 마당에 핀 진달래가 하도 예뻐서 꽃가지 몇 개 꺾어다 화병에 꽂아두었다. 진달래만으로 집안은 온통 화사해졌다. 생애 처음 진달래를 본 고양이 랭보는 화병 주위를 빙빙 돌며 궁금한 표정을 지었다. 꽃냄새도 맡았다가 꽃잎도 살짝 깨물어 입맛도 보았다가 도대체 이 먹지도 못하는 걸 왜 가져왔는지 이해할 수 없다는 듯 녀석은 화병 주위를 떠날 줄 몰랐다.

길에서 태어난 랭보는 동년배 고양이보다 이빨도 약하고 성장이 2~3개월은 더딘 미숙아 고양이에 가깝지만, 호기심만은 어떤 고양이에도 뒤지지 않는 궁금냥이다. 좌탁에 진달래 화병을 놓은 것만으로 녀석은 몇 시간째 심심할 겨를도 없이 오며 가며 진달래 꽃

구경을 했다. 그러나 저녁이 되면서 녀석의 태도는 완전히 달라졌다. 랭보의 시선은 꽃을 떠나 천장과 허공을 오가고 있었다. 집안에 커다란 나방이 한 마리 들어와 붕붕거리며 날아다니고 있던 거였다.

녀석에겐 이제 꽃 따위 안중에도 없었다. 나방이 포르르 계단 쪽으로 날아가자 녀석도 쪼르르 계단을 향해 달려갔다. 지금 이 순간 녀석에겐 '꽃보다 나방'이다. 나방이 다시 계단에서 방으로 날아와 형광등 불빛 속을 날아다니자 랭보는 급히 책상에서 점프를 해 책장 꼭대기로 올라섰다. 책장 꼭대기에서 연달아 채터링까지 하면서 녀석은 금방이라도 나방을 사냥할 태세였다. 하지만 나방은 여전히 불빛 속에서 맹렬하게 날아다녔다.

도심보다 훨씬 벌레가 많은 이곳에서 랭보는 이제껏 수십 마리의 나방을 사냥한 경험이 있다. 그러나 세 마리 사냥하면 한 마리 잡을 정도로 랭보의 나방사냥 성공률은 저조했다. 그런데 랭보에게도 요즘엔 한 가지 노하우가 생겼다. 기다리면 된다는 것. 기다리면 언젠가 기회가 온다는 것. 한참 형광등 불빛을 떠돌던 나방은 언젠가 힘에 부쳐 비행고도를 낮추게 돼 있다. 랭보는 그때를 기다렸다. 그리고 그 기다림은 헛되지 않았다. 집요한 추적과 기다림 끝에 나방의 날갯짓이 둔해지면서 바닥 가까이 저공비행을 하자 랭보는 때를 놓치지 않고 왼발, 오른발, 연타 공격으로 순식간에 나방을 바닥으로 격추시켰다.

냠냠

녀석은 의기양양 '아~옹'하고 길게 포효하며 나를 바라보았다. 그건 마치 '내 사냥 솜씨 어때?' 하면서 자랑하는 것 같았다. 얼마 전까지만 해도 랭보는 나방을 사냥하면 기어이 나에게 가져와 선물하더니 요즘에는 사냥터에다 그냥 전리품을 두고 오곤 했다. 이번에도 랭보는 바닥에 나방을 내동댕이친 채 쿨하게 자리를 떴다. 그런데 녀석이 끝끝내 사냥하지 못한 날벌레가 있었으니, 모기가 그랬다. 한번은 새벽에 왱왱거리며 날아다니는 모기 때문에 잠이 깨어 아닌 밤중에 쇼를 벌인 적이 있다. 랭보는 랭보대로 분주하게 돌아다니며 점프를 해댔고, 나는 나대로 정중동 모기가 오는 길목을 노리고 있었다. 그러다 침대 쪽으로 날아오는 모기를 정확히 손뼉으로 제압해 버렸다. 나는 아직도 그때 랭보의 표정을 잊지 못하겠다. 그건 경이로움과 존경이 묻어나는 눈빛이었다. "헐~, 저 점프도 못하는 인간이 모기를 사냥하다니!" 뭐 그런.

돗나물 먹는 고양이

돗나물(돌나물) 먹는 고양이가 있다. 고양이가 돗나물을 먹는다고? 그것도 아주 좋아한다. 고양이가 헤어볼을 토해내기 위해 캣글라스나 강아지풀, 또 다른 벼과식물과 화분에서 자라는 허브 종류를 먹는 것은 본 적이 있으나, 돗나물을 먹는다는 얘기는 나도 금시초문이다. 어느 날인가 집 마당 여기저기에 돗나물이 돋아서 나물 무침이나 하자고 조금 뜯어온 적이 있다. 그런데 랭보 녀석이 내 손에 들려 있는 돗나물을 보더니 그게 뭐냐고, 냥냥거리는 거였다.

나는 그냥 장난삼아 랭보에게 돗나물을 한 움큼 던져 주었다. 막상 돗나물을 던져 주자 랭보는 나를 올려다보며 '이거 먹는 거 맞

아?' 하는 표정을 지었다. 잠시 망설이던 랭보는 조심스럽게 돗나물에 코를 갖다 대고 혀를 내밀어 먹을 수 있나 감식하더니 한 잎 살짝 베어 무는 거였다. 그러고는 '어 이거 생각보다 맛있네' 하는 표정으로 돗나물을 먹기 시작했다. 꼭 채식주의자 고양이처럼 녀석은 돗나물을 아작아작 씹어 먹었다.

결국 한 움큼이나 되는 돗나물을 한 줄기만 남기고 다 먹어치웠다. 녀석도 봄나물이, 그것도 입맛 돋우는 돗나물의 진가를 아는지, 내가 잠시 나갔다 들어오기라도 하면 '돗나물 없어?' 하는 표정으로 내 손을 살피곤 했다. 다행히 우리집 마당에는 심은 적도 없는 돗나물이 지천이어서 이틀에 한 번꼴로 랭보는 돗나물을 맛보곤 했다. 가만 보니 녀석은 주로 나물의 연한 부위만을 골라서 먹었고, 약간이라도 질긴 부분은 고스란히 남겼다. 그런데 희한한 것은 녀석이 마트에서 사온 돗나물은 입에도 대지 않는다는 사실이다. 한번은 나물철이 좀 지나 마트에서 돗나물을 사와 랭보에게 한 줄기 내밀었더니 입에도 대지 않고 휙 돌아서 버렸다. 자연산 유기농 돗나물만 먹는 까다로운 고양이.

봄에 나는 돗나물에 대한 미련을 버리지 못한 걸까. 여름에는 이런 일도 있었다. 아내가 청양고추 몇 개만 따다 달라고 해서 텃밭에 나가 고추를 네댓 개 따서 들어왔는데, 랭보가 그것을 보고는 다짜고짜 손에 든 것을 내놓으라며 생떼를 썼다. 내가 너는 못 먹는 거라고 말해도 녀석은 막무가내로 내 앞을 가로막고 냥냥거렸다.

그래서 확인도 시켜줄 겸 나는 고추를 하나 랭보에게 내밀며 '거봐, 못 먹는 거지?' 했는데, 이 녀석 미련을 못 버리고 자꾸만 청양고추에 코와 입을 대고 킁킁거렸다.

　그러더니 갑자기 녀석이 고추 끄트머리를 살짝 깨물어 기어이 맛을 보는 게 아닌가. 그 순간 랭보의 동공이 확장되면서 못 먹을 걸 먹었다는 표정으로 왜앵~거렸다. 먹지는 않았어도 청양고추를 깨물었으니, 그 매운맛이 혀끝에 얼얼했을 것이다. 고추 먹고 맴맴도 아니고, 그것 봐 내가 못 먹는 거라고 했잖아. 랭보는 억울하게 구석에서 냥냥거렸다.

탁묘 고양이 적응기

얼마 전 아는 시인이 유럽 여행을 가면서 한 마리의 고양이를 탁묘(임시로 고양이를 맡기는 것)로 맡겼다. 강아지에 이어 이번에는 고양이다. 이 녀석의 이름은 '랭이', 수컷이다. 길에서 나를 따라온 '랭보'보다는 한 달 정도 늦게 태어난 녀석인데, 덩치는 랭보보다 훨씬 크다. 공교롭게도 녀석은 마치 랭보와 남매인양 '랭이'라는 이름을 지녔다. 그러나 두 녀석은 남매도 아니고, '랭이'라는 이름도 이미 그쪽에서 지어준 이름이다.

더 황당한 사실은 탁묘자가 애당초 키우던 고양이가 두 마리인데, 암컷은 우리 집 고양이와 이름이 똑같은 '랭보'다. 시 쓰는 인간들의 머리가 다 거기서 거기인 듯하다. 이래저래 녀석은 암컷 랭보와 전생의 연이라도 있었던 듯하다. 랭이는 집에서 태어난 집냥이이긴 하지만, 그 어미가 길고양이였다고 한다. 녀석 또한 길고양이의 피가 흐르는 셈이다.

랭이가 집으로 온 첫날은 녀석에겐 거의 지옥이었다. 녀석은 가방에서 나오자마자 기겁을 하고 숨을 곳을 찾았다. 그렇게 찾아서 숨은 곳이 하필이면 식기세척기 뒤편이라 안심할 수가 없었다. 저녁에는 위잉~거리며 세척기 돌아가는 소리에 녀석은 불안에 떨며 납작 엎드려 있었다. 불안감은 이 집이 영역인 랭보도 마찬가지였다. 어디서 '듣보잡' 고양이가 한 마리 자기 영역에 들어와서는 온종일 신경을 거스르는 것이었다. 랭보는 안절부절 왔다 갔다 하며 불편한 심기를 드러냈다.

세척기 뒤편이 너무 시끄럽고 안전하지 않은 곳으로 판단한 랭이는 아무도 없는 틈을 타 이번에는 다른 곳을 은신처로 삼았다. 그런데 그것이 숨으나마나한 책장 틈새였다. 이 녀석 얼굴만 안 보이면 다 되는지, 엉덩이는 바깥으로 내밀고, 얼굴만 구석으로 파묻은 채 그렇게 또 한참을 있었다. 그러나 얼마 뒤, 자신도 뭔가 이상하다고 판단했는지 갑자기 우엉우엉 울기 시작했다. 결국 나는 못 쓰는 박스에 동그랗게 구멍을 뚫어 은신처를 만들고, 랭이의 목덜미를 잡아 강제로 그 속에 집어넣었다. 이후 사흘간 녀석은 그 은신처에서 기척도 하지 않았다.

아침에 일어나보면 밥그릇은 깨끗하게 비워져 있고, 화장실에

는 감자와 '맛동산'이 수북한 걸 보면 뭐 '먹고 싸는 본능'에는 충실한 것 같았다. 다 시간이 해결해 줄 것이다. 이럴 때는 달리 방법이 없으니, 그냥 두는 수밖에 없다. 나흘째 되던 날 녀석은 스스로 궁금증을 이기지 못해 은신처 박스를 벗어나 침실까지 와서는 조심스럽게 야옹거렸다. 그리고 아내가 살짝 손을 내밀어 목덜미를 쓰다듬어주자 녀석은 기다렸다는 듯 갸르릉거리더니 침대 위로 올라왔다. 이 사건은 두고두고 아내에게 잊을 수 없는 추억으로 남았고, 결국 아내를 '랭이주의자'로 만들어버렸다.

그렇게 랭이는 마음을 열었지만, 랭보의 텃세는 이때부터 시작되었다. 랭보는 침대야말로 자신이 지켜야 할 마지막 보루라고 생각했는지, 곧바로 침대 위로 침입한 랭이를 응징했다. 우리가 조금이라도 랭이에게 관심을 보이고 쓰다듬을라치면, 랭보는 또다시 그 꼴을 못 보겠다며 랭이를 쫓아냈다. 가뜩이나 강아지 꽃비에게 시달리다가 겨우 해방이 되었는데, 랭이가 오는 바람에 랭보의 사생활은 또 다시 엉망이 된 것이다. 랭보는 극심한 스트레스로 며칠 동안은 밥도 제대로 못 먹었다.

반면 새로운 환경, 낯선 별에 떨어진 랭이는 점차 물 만난 고기처럼 집안 구석구석을 탐사하고 다녔다. 밥도 어찌나 많이 먹는지 금세 밥그릇을 비우고는 랭보의 것까지 다 빼앗아 먹었다. 랭이는 점점 살찌고, 랭보는 야위어갔다. 랭보는 랭이 견제하느라 하루가 다 갔고, 랭이는 랭보의 견제를 피해 이것저것 주워 먹느라 하루가 다 갔다. 랭이가 온 지 보름이 지나도록 랭보의 텃세는 멈출 기미가 보이지 않았다. 가끔 심하게 싸운다 싶을 때 따끔하게 혼을 내도 소용이 없었다. 랭보에게는 랭이의 일거수일투족이 다 맘에 안 들었다. 자기 영역을 침범한 것도, 집안의 관심을 받는 것도, 자기 밥을 먹는 것도 모든 게 불만이었다.

그래도 한 달 먼저 태어났고, 이 영역의 주인인 랭보의 지위만큼은 랭이도 어느 정도 인정하고 있었다. 나 또한 밥을 줄 때도 쓰다듬을 때도 언제나 랭보가 우선이었다. 랭이에게 먼저 관심과 손길이 가는 순간 곧바로 집안의 평화는 깨지고 말 것이므로. 어느덧 랭이가 온 지도 20여 일이 지났다. 랭이는 이 집에 완전히 적응했고, 랭보는 이 녀석의 적응을 여전히 못마땅하게 생각하고 있다. 그러나 이제는 랭보도 이 상황을 피할 수 없는 상황이라 여기는 듯했다. 얼마 전에는 둘이 방안에 들어온 풍뎅이를 잡느라 합동작전까지 벌이는 모습도 포착되었다.

랭이주의자

랭 이 주 의 자 아 내 는 툭하면 랭이와의 첫 날밤을 회상하며 흐뭇해하곤 했다. 그런데 아내의 기억은 시간이 지날수록 수위가 높아졌다. 처음에는 잠을 자고 있는데, 랭이가 와서 야옹거리며 잠을 깨우기에 목덜미를 쓰다듬어 주었다고 하더니 다음에는 랭이가 잠자고 있던 자기 손바닥에 얼굴을 부비며 야옹거렸다로 바뀌었다. 그런데 얼마 전에는 자기한테 와서 얼굴을 부비는 랭이를 왈칵 끌어안고 눈물을 흘리며 창밖이 훤해질 때까지 앉아 있었다로 변했다. 게다가 랭이가 자기 품에 안겨 새벽까지 골골거렸다는 것이다.

그렇게 '랭이와 나는 사랑에 빠지게 되었다'는 말도 잊지 않았다. 아내가 첫사랑에 빠진 소녀처럼 랭이에 대해 이야기할 때마다 나는 시큰둥하게 "그래. 잘 됐으면 좋겠다."고 주워섬기고 말았다. 사실 당시의 나는 잠에 곯아떨어져 있었는데, 아내가 다급히 "이것 좀 봐. 랭이가 왔어!" 하면서 나를 흔들어 깨운 사실만이 흐릿한 기억으로 남아 있다. 잠결에 나는 "그래그래!" 하고는 도로 잠들었던 것 같다. 아침에 일어나보니 랭이는 아내의 옆에, 랭보는 나의 옆구리에 잠들어 있었던 것만큼은 확실하다.

원래 랭이는 친하게 지내던 모 시인이 키우던 고양이다. 우리 집에 랭보가 들어올 무렵에 모 시인도 아깽이 두 마리를 들이게 되었다. 하루는 모 시인의 집에서 작은 파티가 있었는데, 우리 부부는 만사를 제쳐두고 고양이 구경을 하러 갔다. 랭보와 랭이. 공교롭게도 이름이 같았던 그 집 랭보는 우리 집 랭보와 성격이 비슷해서 얌전하고 사람을 잘 따랐다. 하지만 랭이는 쉽사리 사람의 품에 안기지 않는 성격에다 툭하면 화분의 흙을 다 들어내 분갈이를 하는 사고뭉치였다. 새로 장만한 화분의 새싹은 용케 알고 골라 먹어치우고, 혼을 내면 곧바로 달아나 박스에 숨어버리는 고양이.

그날 아내는 모 시인에게 난처한 질문을 하나 던졌다. "랭보는 그렇다 치고, 랭이는 왜 랭이에요?" 순간 모 시인의 눈동자가 흔들리는 걸 나는 보았다. 잠시 후 당황한 기색을 억누르며 모 시인은 말했다. "응, 그러니까 무늬가 호랑이라서 '호랭이' 할 때 그 랭이야." 군색한 변명임을 누가 모를까. '랭보'라는 이름은 고심해 지은

것이 틀림없지만, '랭이'는 누가 들어도 그냥 랭보의 앞 글자를 돌림자로 대충 지은 이름인 것이다. 1+1으로 주는 냉동군만두처럼 랭이는 랭보에 대충 끼워 들어온 사은품 같은 이름이었던 거다.

모 시인이 정말로 당황한 건 그 다음이었다. 파티가 한창일 무렵 베란다에 나간 아내가 고양이를 품에 안고 들어온 것이다. "지금 랭이를 안고 온 거야? 나도 한 번도 안아보지 못한 고양이야!" 아내는 어깨를 으쓱해 보였다. 그리고 이날의 에피소드 또한 랭이주의자 아내가 즐겨 쓰는 레퍼토리가 되었다. "우리의 인연은 이미 그때 시작된 거라니까!" 이래저래 랭이는 탁묘로 오게 되었고, 탁묘 기간은 기한이 없었다. 장기간의 유럽여행이 끝난 모 시인은 형식적으로 랭이의 안부를 물어봤을 뿐, 데려간다는 말이 없었다. 어쩌면 모 시인은 탁묘를 빙자해 이곳에 입양을 시키려는 기망행위의 미필적 고의가 있었다고 보여진다.

결국 어영부영 시간이 흘러 랭이는 우리 집에 눌러앉게 되었다. 어쩌면 그렇게 되기를 바라는 소극적 기망행위는 아내에게도 있었던 것 같다. 시간이 지날수록 아내는 랭이를 '내 고양이'로 칭했다. 회사에서 돌아오면 랭이부터 찾았다. 랭이는 특이하게 무슨 행동이든 하기 전에 먼저 시동 거는 듯한 소리를 냈다. 달리기 전에 '오롱' 소리를 냈고, 밥 먹기 전에는 '아롱' 소리를 내며 덤벼들었다. 아내는 그 소리가 그렇게 좋을 수가 없다고 종종 그 소리를 흉내내기도 했다. 한번은 아내가 헐레벌떡 나에게 뛰어오더니 랭이가 방금 자기한테 '누나'라고 했다며 볼이 발개져서 말했다. 그러더니 직접 들어보라며 랭이를 불렀다. "봐봐, 방금 누나~아, 그랬지?" 아무리 생각해도 그건 '냐앙~!' 하는 고양이의 일반적인 울음이었다. "그래. 잘 됐으면 좋겠다."

고양이 2인조 풍뎅이 습격사건

고양이 2인조(2묘조) 풍뎅이 습격사건이 발생했다. 사건은 오전 9시경. 평화롭던 거실에 갑자기 우다다, 쿠웅~ 하는 요란한 소리가 들려 나가봤더니 랭보와 랭이가 웬 포획물을 앞에 두고 고민에 빠져 있었다. 고양이 앞에 놓인 포획물은 다름 아닌 풍뎅이였는데, 녀석은 이런 날벼락이 없다는 자세로 납작 엎드려 있었다. 풍뎅이가 어떤 경로로 거실에 들어왔는지, 두 마리 고양이가 어디서 어떻게 녀석을 습격했는지는 목격자가 없어 밝혀진 바가 없다.

다만 지금은 두 녀석 사이에 풍뎅이 한 마리가 놓여 있다는 사실만이 확인 가능한 사실이었다. 포획물의 신변 처리에 대해 고민에 고민을 거듭하던 두 마리 고양이 중에 랭이가 먼저 의견을 제시했다. "쥐돌이 대신 당분간 이것을 풍돌이로 쓰는 게 어때?" 랭보는 다소 시큰둥했다. "그러시든가!" 그러자 랭이는 곧바로 앞발로 풍뎅이를 슬쩍 굴려보았다. 코를 가까이 갖다 대고 냄새도 맡아보았다. 포획물이 별다른 반항을 하지 않자 랭이는 한 번 더 앞발로 톡톡 풍뎅이를 건드려보았다.

그때였다. 갑자기 풍뎅이가 날개를 펴더니 포르르 날아 저만치 자리를 옮기는 게 아닌가. 랭이가 적잖이 놀란 표정이었다. 이때 가만 지켜만 보고 있던 랭보가 답답하다는 듯이 앞으로 나섰다. "아휴 저런 바보 고양이." 랭보는 저만치 자리를 옮긴 풍뎅이에게 순식간에 접근, 무수한 날벌레를 사냥하던 익숙한 솜씨로 풍뎅이를 가지고 놀기 시작했다. "자 봤지? 드리블이 이 정도는 돼야지!" 랭보는 한껏 잘난 체를 했고, 랭이는 랭보가 하던 자세로 한 번 더 드리블을 시도했다.

"이렇게 오른발로 툭 치고, 왼발로~ 으아악!" 갑자기 랭이가 놀라 폴짝 점프를 했다. 풍뎅이가 다시 포르르 날아서 랭이의 왼발 낚아채기를 보기 좋게 피해 버린 것이다. 잔뜩 약이 오른 랭이는 드리블을 접고, 아예 풍뎅이를 사냥해 입안에 넣으려고 했다. 하지만 초보 사냥꾼 랭이는 풍뎅이를 완벽하게 제압하지 못한 채 어정쩡하게 입으로 가져갔다. 그리고 그 순간 이야옹, 쉐엑 하는 고양이의 비명이 거실에 울려 퍼졌다. 생명의 위협을 느낀 풍뎅이가 최후의 반

격을 가한 것이다. 상황을 재연하자면, 랭이가 입으로 풍뎅이를 물려고 하자 오히려 풍뎅이가 발버둥을 치며 입 주변을 할퀸 것으로 보인다.

놀란 랭이는 손을 놓았고, 풍뎅이는 포르르 휘익~ 하고 책장 밑으로 몸을 피했다. 한동안 랭이는 황망한 표정으로 풍뎅이가 날아간 궤적만 쳐다보았다. 아까부터 랭이의 행동을 지켜보던 랭보는 한심하다는 듯 책장 밑으로 손을 넣어 더듬더듬 풍뎅이를 찾았다. 그러나 한번 몸을 숨긴 풍뎅이는 다시 나올 생각을 하지 않았다. 랭이와 랭보는 닭 쫓던 개처럼, 다 잡은 물고기를 놓친 낚시꾼처럼 한참이나 책장 앞을 서성거렸다.

여기서 잠깐 2인조 고양이의 공격으로부터 무사히 탈출한 풍뎅이의 말을 들어보았다. "정말 죽다 살아났습니다. 풍뎅이 일생에 가장 위험한 순간이었죠. 하지만 고양이굴에 들어가도 정신만 차리면 산다고, 죽을힘을 다해 도망쳤습니다. 생각보다 저 녀석들 허술한 구석이 많더군요." 마지막으로 랭이의 짤막한 변도 들어본다. "입이 열 개라도 할 말은 해야겠다옹. 저 녀석 도대체 정체가 뭐냐옹? 처음엔 설설 기더니, 막 날아다니고! 아까는 정말 간이 콩알만 해졌다옹!" 랭보는 그저 담담하게 자신의 의견을 밝혔다. "랭이 녀석 먹는 거 빼고는 도대체 잘하는 게 없다냥!"

고양이에게 빨래함이란?

　　　　　스프링에　광목천을 두른 빨래함이 있
다. 접었다 폈다 맘대로 할 수 있는 제법 편한 빨래함이다. 설명을
하면 되레 설명이 안 되고, 사진을 보면 안다. 오늘은 밀린 빨래를
하기 위해 세탁기를 돌려놓고, 빨래함을 잠시 거실에 두었는데, 한
바탕 작은 소동이 벌어졌다. 랭보와 랭이가 빨래함을 차지하기 위
해 자존심을 건 싸움을 벌이고 있는 게 아닌가. 랭보는 랭이가 오기
전에도 빨래함을 비우면 종종 그 속에 들어가 낮잠을 자곤 했다. 그
러니까 랭보의 빨래함 점령은 그리 새삼스러운 일도 아니다.

　　오늘 빨래함 점령사건의 시작은 랭보로부터 비롯되었다. 랭보
는 마치 랭이가 바라보는 앞에서 "야 촌묘, 너 이런 데 못 들어가봤

지?" 하는 표정으로 빨래함 속으로 쏘옥 들어가는 거였다. 그리고
는 다시 쏘옥~ 하고 밖으로 빠져나와서는 "어때! 신기하지? 재밌
지?"라고 말하는 것만 같았다. 랭보는 다시금 랭이가 보는 앞에서
거만하게 빨래함 속으로 들어가 아예 자리를 차지하고 앉아 그루
밍도 하고 안에 달린 끈으로 장난도 쳤다. 랭보가 빨래함 속으로 들
어가 보이지 않자 아까부터 탁자 위에서 랭보의 행동을 못마땅하
게 바라보고만 있던 랭이가 슬금슬금 빨래함 가까이 다가왔다.

"아이고 녀석 되게 잘난 척 하네!" 하는 표정으로 랭이는 빨래
함에 접근하더니 빨래함 구멍 속으로 머리를 쑤욱 들이밀고는 안
에 들어있던 랭보를 공격하기 시작했다. 궁지에 몰린 랭보가 급기
야 랭이를 밀치고 빨래함 밖으로 뛰쳐나왔다. 때는 이 때다 싶어 랭
이는 순식간에 빨래함을 점거했다. 그것도 잠시 뛰쳐나갔던 랭보가
빨래함으로 돌아와 랭이를 쫓아내고 다시금 빨래함을 점령했다. 그
러기를 수차례, 랭보가 빨래함 속에서 랭이의 장난걸기를 무시하
고 잠에 빠져들면서 싱겁게 사건은 마무리되는 듯 보였다.

랭보가 깊은 잠에 빠져들었을 때, 랭이는 이때를 놓치지 않고,
그 육중한 몸으로 점프를 해 위에서 빨래함을 덮쳤다. 곤하게 자고
있던 랭보가 보기좋게 봉변을 당하고 말았다. 둘은 다시 빨래함을
앞에 두고 투닥투닥 싸웠다. 그깟 빨래함이 뭐라고. 거실의 평화를
위해 나는 빨래함을 수거하기로 했다. 하지만 두 녀석의 눈빛은 동
시에 '장화 신은 고양이'처럼 변하더니 조금 더 놀게 해달라고 애원

했다. 빨래함을 도로 내려놓고 잠시 후 나와 보니, 투닥거리던 두 녀석이 사이좋게 빨래함에 들어가 나란히 낮잠을 자고 있었다. 진정한 고요함은 잠든 고양이 안에 존재하는 것만 같았다. 그리고 나는 한 가지 사실을 알게 되었다. 이 특별할 것도 없는 빨래함이라는 신개념 고양이 놀잇감에 대하여.

당신에게
고양이

제2부

고양이는 존재하는 것만으로 충분하다

집 고 양 이 가 되 기 로 마음먹고 자진해서 따라왔기 때문일까? 랭보는 오는 날부터 수월하게 실내생활에 적응했다. 원래가 깨끗한 고양이의 습성에다 얌전한 성품이 더해져 랭보는 집고양이로서 나무랄 데가 없었다. 내가 원고를 쓰는 동안에도 녀석은 볕이 잘 드는 창가에서 그루밍을 하거나 내 무릎에 누워 새근새근 낮잠을 자곤 했다. 녀석은 내 책상을 걸어 다닐 때도 볼펜 한 자루, 책 한 권 밟지 않고 조신하게 발을 내딛는 그런 고양이였다.

그런 랭보가 언젠가부터 집안일과 우리 부부의 라이프스타일에 하나둘 관심을 두기 시작했다. 먹여주고 재워주니 뭐라도 도움이 되는 일을 해야겠다고 생각한 것일까? 정확히 기억이 나지는 않지만, 어느 날부터 랭보는 아침마다 같은 시간에 아내를 깨웠다. 배가 고파서라면 나를 깨울 법도 한데, 이때만큼은 꼭 아내의 귓전에 대고 작은 소리로 야옹야옹 부르는 것이었다. 아마도 랭보는 우리와 함께 침대에 자면서 아침이면 같은 시간에 일어나 출근 준비를 하는 아내의 모습을 보고 그랬던 것 같다.

한번은 랭보도 늦잠을 잔 것인지 아내가 한 시간이나 늦게 일어난 적이 있다. 허둥지둥 옷을 꿰입으며 아내는 랭보를 타박했다. "뭐야, 랭보! 오늘 왜 안 깨웠어? 지각이잖아!" 랭보는 억울하다는 듯 야아옹 길게 울었다. 그날부터 랭보는 더 열심히 아내를 깨워주었는데, 문제는 토요일과 일요일에도 아랑곳없이 같은 시간에 깨워댄다는 것이었다. 그러거나 말거나 랭보는 거의 1년 가까이 똑같은 시간에 아내를 깨웠고, 아내는 단 한 번도 지각을 한 적이 없다.

랭보가 찾아낸 역할이 또 있다. 봉지 커피를 자주 마시는 내가 가스레인지에 물주전자를 올려놓으면 어떻게 알고 물이 끓을 즈음 나한테 와서는 야옹야옹 물이 다 끓었다옹, 하면서 알려주는 것이었다. 나는 이 사실이 하도 신기하고 대견해서 사람들을 만날 때면 "우리집 고양이 랭보는 커피물이 끓으면 나에게 와서 야옹야옹 알려준다."고 자랑을 했다. 그때마다 사람들의 반응은 "왜 커피도 타온다고 그러지."라면서 놀리곤 했다.

랭보가 이 역할을 그만둔 건 탁묘로 온 랭이와 2층에서 서열싸

움을 하느라 물이 끓는 소리를 듣지 못하고, 나 또한 랭보만 믿고 있다가 물주전자를 새까맣게 태워먹은 다음이었다. 나는 그날 저녁에 곧장 '삐~' 소리가 나는 삐삐 주전자를 사왔고, 그것이 랭보의 야옹소리를 대신하게 되었다. 역할 한 가지가 줄어든 만큼 랭보는 아내를 깨우는 자명종 역할만큼은 빈틈없이 수행하고 있었다. 그런데 어느 날 아내가 주문한 택배 상자가 도착했고, 랭보의 자명종 역할도 이내 막을 내렸다. 상자 안에는 '삐비비빅' 하는 알람시계가 들어 있었던 것이다.

자기가 도맡아 하던 역할을 대신해주는 기기들을 보고 랭보가 실망했는지, 아니면 '이제 편하게 되었네'라고 생각했는지는 알 수가 없다. 다만 확실한 것은 랭보가 이때부터 '고양이는 존재하는 것만으로 충분하다'는 고양이의 본래 역할을 충실하게 수행하게 되었다는 것이다. 아내는 주말에 늦잠을 자게 되었고, 나는 주전자를 태우지 않고도 커피를 마시게 되었으며, 랭보는 더 이상 새로운 역할에 욕심을 내지 않았다.

믿거나 말거나 고양이가 그랬어

　고양이를 키우는 사람들은 고양이와 끊임없이 대화를 시도한다. 물론 사람은 사람의 언어로, 고양이는 고양이의 언어로 말하지만, 가끔은 소통이 될 때가 있다. 고양이를 안 키우는 사람들은 고양이를 키우는 사람을 거짓말쟁이로 몰아붙이곤 한다. 가령 내가 "우리 집 랭보는 커피물이 끓으면 나한테 와서 야옹야옹 알려준다."고 하면 대부분의 사람들은 혀를 끌끌 찬다. 그럴 때는 그냥 믿거나 말거나 그렇게 넘어가고 만다.

　가끔 모임에서 집사나 캣대디를 만나면 자기네 집 고양이나 밥 주는 고양이에 대한 수다로 시간가는 줄 모른다. 이들은 유일하게 불가사의한 고양이의 행동을 이해하는 그룹이기도 하다. 책에도 고양이가 정말 그랬어?, 싶은 행동들이 꽤 등장한다. 내가 주워듣거나 경험한 이야기 몇 가지만 여기에 옮겨본다.

1. 노크하는 고양이

우리 집 고양이 랭이는 노크를 한다. 두 번 똑똑 두드린 뒤, 잠시 쉬었다가 다시 똑, 하고 한 번 더 두드린다. 문을 열면 기다렸다는 듯 녀석이 방으로 들어온다. 한두 번이 아니라 닫힌 문 앞에서는 늘 그러는 편이다.

2. 자명종 고양이

앞서도 언급했지만, 우리 집 랭보는 자명종 노릇을 톡톡히 한다. 매일 아침 정확히 6시 정도에 아내의 귓전에 대고 야옹야옹 잠을 깨운다. 거의 1년 가까이 그랬고, 딱 한 번 실수를 한 적이 있으며, 그날 유일하게 아내는 지각을 했다.

3. 길고양이 야간 집회

일본에서는 길고양이 수십 마리가 밤중에 한 장소에 모여 있는 것이 사진에 찍혔으며, 이 사진은 멋지게 사진집에도 실린 적이 있다. 우리나라에서도 밤중에 10여 마리 이상의 고양이가 모인 야간 집회 현장을 목격했다는 제보가 수두룩하다.

4. 고양이가 촛불을 끈다?

『고양이 문화사』라는 책에 보면 찰스 디킨스가 키우던 고양이에 대한 일화가 실려 있다. 디킨스의 고양이는 잠자리에 들 시간이 되면 어김없이 촛불을 발로 껐다고 한다.

5. 고양이가 냉장고 문을 연다

"고양이는 인과관계를 이해한다."는 말이 있다. 이를테면 고양이는 주인이 문을 어떻게 열고 닫는지를 관찰했다가 잠금쇠를 돌릴 줄 안다는 것이다. 종종 고양이를 키우는 사람들로부터 고양이가 냉장고를 열어 참치 캔을 훔쳐먹는다는 얘기를 들은 적이 있다. 거짓말이겠거니 생각했지만, 이 이야기를 주변으로부터 벌써 서너 번이나 들었다. 어떤 고양이는 무려 7년간이나 새장을 관찰해 오면서 결국 새장 문을 여는 데 성공했다고 한다.

6. 고양이가 태풍과 지진을 예측한다?

미국에서는 토네이도가 발생하기 훨씬 이전부터 고양이들이 미친 듯이 행동하는 사례에 대한 보고가 엄청나게 많다.

7. 엘리베이터 타는 고양이

뉴욕의 한 고층 아파트에서는 엘리베이터를 타고 고층을 오르내리는 고양이가 있었다고 한다. 물론 사람이 버튼을 눌러 엘리베

이터 문이 열릴 때까지 기다리기는 했지만.

8. '우다다' 천장 찍는 고양이

내가 아는 어떤 사람의 고양이는 '우다다'(고양이의 질주본능)를 할 때마다 천장을 찍고 내려온다고 한다. 한번 천장을 찍은 뒤로는 계속해서 쭈욱, 그런다고. 그러나 나이 들고 살이 찌고 난 뒤부터는 그냥 천장만 보는 고양이가 되었다나 어쨌다나.

9. 여행하는 고양이

대부분의 고양이는 여행을 좋아하지 않는다. 그러나 영국의 어떤 고양이는 스스로 화물트럭을 타고 영국에서 남프랑스까지 여행했다고 하며, 스위스의 한 산장 고양이는 혼자서 해발 3782미터까지 올라갔다고 한다. 역시 또 다른 산장의 고양이는 해발 4478미터 마테호른까지 올라갔다는 보고도 있다.

10. 공동육아

고양이 세계에선 종종 암컷 고양이들끼리 공동육아를 하는 경우를 볼 수 있는데, 동물학자들은 이것이 천적이나 수컷 고양이의 공격을 막기 위한 행동으로 보고 있다. 먹이활동이나 이소 과정에서 아깽이들은 보호자 없이 방치될 수밖에 없다. 이때 또 다른 어미가 일종의 품앗이처럼 육아 협력을 하게 되는 것이다.

여러분의 고양이는 어떤가요? 고양이를 키우다보면 믿거나 말거나 참으로 황당한 일들이 참 많았을 텐데. 여러분의 고양이는 어떤 황당무계, 기상천외, 불가사의한 일들을 저지르고 있나요?

고양이 담은 쌀 포대

쌀이 떨어졌다.

새로 주문한 쌀이 도착했기에 빈 쌀 포대를 잠시 거실에 던져두었는데, 갑자기 거실이 난리법석이다. 랭보와 랭이가 서로 먼저 쌀 포대를 차지하겠다고 포대 앞에서 자리다툼을 벌이고 있는 거였다. 몸집은 작지만, 먼저 태어나고 아직까지는 서열이 높은 랭보가 "넌 위아래도 없냐?"고 하자 랭이는 "어디, 힘으로 한번 해 보시든가." 하면서 포대 앞을 가로막고 나섰다.

이럴 땐 어쩔 수 없이 내가 교통정리를 하고 나서야 하는 거다. 나는 힘으로 버팅기고 있는 랭이를 잠시 밀쳐내고, 랭보에게 먼저 입장을 허락했다. 랭보는 "그것 봐!" 하면서 의기양양 랭이를 한번

흘끔 쳐다보더니 쌀 포대 속으로 쏘옥, 하고 들어가 자리를 잡았다. 녀석은 거기서 그루밍도 하고, 한참이나 눌러앉아 시간을 끌며 나올 생각을 하지 않았다. 그 앞에서 기다리던 랭이는 슬슬 인내심의 한계를 느꼈는지 포대 앞으로 전진, 포대 속에 엎드린 랭보에게 앞발로 툭툭, 시비를 건다.

"그래, 나간다, 나가!" 랭보가 랭이의 해코지에 밖으로 뛰쳐나오자 랭이는 곧바로 포대를 접수하고 랭보가 하던 대로 그루밍을 하기 시작한다. 그런데 이 녀석 들어가더니 아예 나올 생각이 없다는 듯 퍼질러 앉아 요동도 하지 않는다. 랭보가 앞에서 그만 나오라고 '이제는 내 순서'라고 냥냥거려도 "어디서 개가 짖나!" 랭이는 부러 모르는 척 딴청을 부린다. 쌀 포대가 뭐라고. 이럴 때 보면 쌀 포대 없이 그동안 어떻게 살았는지 모르겠다.

그렇게 오늘 우리 집 쌀 포대는 번갈아 고양이를 담는 고역을 치르고 결국 입구가 다 찢어져 분리수거 신세가 되었다. 가만 보면 이 녀석들 세상의 모든 것을 놀잇감으로 만드는 신통한 재주가 있다. 택배 상자는 기본이요, 양동이와 바구니, 심지어 세면대와 도자기까지 오목한 공간이 조금이라도 있으면 일단 자기 몸을 밀어 넣고 보는 습성이 있다. 혹시 이거 고양이 용품점에서 파는 장난감을 사달라는 일종의 시위인가요? 쥐돌이 하나로는 재미없다는 두 녀석의 퍼포먼스인가요?

안방마님과 사랑방손님의 서열싸움

고양이들이 가히 '우다다' 하기 좋은 거실을 나는 '사파리'라고 불렀다. 거실 밖으로 초원처럼 펼쳐진 푸른 논자락과 구름이 뭉게뭉게 피어오르는 하늘이 이곳을 더욱 사파리답게 만들곤 했다. 사파리에도 뜨거운 여름이 와서 고양이들은 햇살이 따가운 창가를 피해 식탁 그늘이나 좌탁 아래서 쉬곤 한다. 탁묘로 이곳에 온 랭이 녀석도 어느덧 이곳에서 4개월을 넘겼다.

랭보가 조용하고 신중하며 애교 많은 성격이라면, 랭이는 시끄럽고 산만하며 '개그냥'의 기질이 다분한 성격이다. 사파리에서도 사고를 치거나 장난을 거는 일은 십중팔구 랭이다. 이 녀석 탁묘로 온지 두 달이 지나서부터는 집안을 온통 난장판으로 만드는가 하면, 하루에도 몇 번씩 우다다를 하는 바람에 바람 잘 날이 없었다. 툭하면 녀석은 랭보에게 시비와 싸움을 걸었다. 태어나기야 1년이 다 된 랭보가 한 달 정도 먼저 태어났지만, 몸집은 랭이가 월등하게 커서 둘이 함께 있을 때면 마치 헤비급과 플라이급이 나란히 앉아 있는 듯했다.

당연히 계급장 떼고 '맞짱'을 뜨면 랭이가 이기는 건 불을 보듯 뻔하다. 그런 녀석이 맨날 싸움을 걸어오니 랭보는 귀찮아 죽을 지경이다. 그래도 몇 대 맞거나 할퀴는데 가만있을 고양이가 어디 있겠나. 랭보도 이럴 때는 이에는 이, 눈에는 눈으로 맞선다. 얌전하긴 해도 랭보에겐 길고양이의 근성이 남아 있었다. 야구로 치자면 랭이는 1회부터 8회까지는 월등히 우세한 경기를 펼친다. 하지만 9회쯤 되면 체력의 한계를 드러내며 서서히 자멸하고 만다. 당연히 랭보는 마지막 이닝에 역전홈런으로 경기를 끝내버리곤 한다.

가만 보면 두 녀석이 싸울 때는 랭보가 일부러 장기전으로 끌고 가는 경향이 있다. 처음에는 계속해서 쫓기고 도망을 치는 거다. 한참을 따라다니다가 랭이는 제풀에 지쳐서 헉헉거리게 되어 있다. 한번은 랭이 녀석이 랭보를 쫓아 얼마나 빵빵이를 돌았는지, 그 헉헉대는 소리가 마당까지 들렸대나 어쨌대나. 하여튼 두 녀석은 눈만 뜨면 싸움질을 하느라 여념이 없다. 이것이 말로만 듣던 서열싸움이란 걸 난 뒤늦게 알았다. 원래 이 구역의 안방마님(랭보)과 새로운 구역을 접수하려는 사랑방손님(랭이)의 싸움. 뭔 서열싸움을 매일매일 전쟁하듯 하는 건지 참.

랭이는 뒤늦게 이곳에 오기는 했지만, 덩치로 보나 힘으로 보나 자기가 서열 1위가 되어야 한다는 입장인 모양이었다. 그러나 랭보는 힘과 덩치로 서열이 정해지는 건 아니라고 여기는 듯했다. 가끔 나는 너무 심하게 싸운다 싶으면 '스읍~' 하고 한 번씩 주의를 주곤 했다. 그럴 때면 랭보는 곧바로 하던 행동을 멈추고 제자리에 엎드렸다. 문제는 랭이 녀석인데, 이 녀석은 '스읍'이 뭐야, 하면서 때는 이 때다 싶어, 행동을 자제하고 있는 랭보를 공격하는 것이었다.

하루에도 몇 번씩, 몇날 며칠을 넘어 열흘 넘게 이런 전쟁을 치르고 있으니 아, 사파리의 평화는 언제쯤 찾아올 것인지. 그런데 참 희한한 것은 '오늘의 싸움'이 끝나면 언제 그랬느냐는 듯 서로 몸을 맞대고 새근새근 잠이 드는 것이다. 이 녀석들에게는 잠잘 때가 곧 휴전인 것이다. 내일은 내일의 싸움이 기다리고 있다는 듯. 고양이의 세계는 참 알다가도 모르겠고, 모르는 건 더 알 수가 없는 미스터리한 세계임에 틀림없다.

랭보도 좋아하는 제주옥돔

작년 말 모 출판사로부터 제주 옥돔 한 상자를 선물 받은 적이 있다. 그동안 그것을 냉동실에 넣어두고 하나씩 꺼내 올 봄까지 구워 먹고 튀겨 먹고 잘 먹었다. 그래도 못 다 먹은 세 마리가 있어서 어떻게 할까 고민하다가 그것을 내다 말리기로 했다. 볕이 좋은 날, 냉동실에서 옥돔을 꺼내 밖으로 나가려는데, 어떻게 귀신같이 알고 랭보가 야옹야옹거리며 앞길을 막았다. 냉동된 물고기라서 어차피 먹지도 못할 텐데, 이 녀석 굳이 자기가 확인을 해보겠다는 것이다.

하는 수 없이 랭보에게 옥돔을 내밀고 "봐, 얼어서 못 먹겠지?" 했더니 알아들었다는 듯 길을 비켜주었다. 문제는 밖에서도 말리는 게 만만치 않다는 것이다. 왜냐하면 우리집에는 지난 봄부터 밥을 먹으러 오는 '바람이'라는 길고양이가 한 마리 있었다. 이 녀석이 이걸 온전히 마를 때까지 보고만 있겠느냐는 것이다. 그래서 생각해 낸 방법이 내 방 앞 테라스에서 옥돔을 말리는 거였다. 수시로 내가 내다보면 길고양이도 물까치도 함부로 입을 대지는 못할 것이었다.

그런데 정작 옥돔을 지키는 파수꾼은 따로 있었으니, 바로 랭보였다. 랭보는 시간만 나면 내 방 창턱에 올라가 바깥의 옥돔을 지켰다. 랭보 덕택에 새 한 마리 접근하지 않았다. 덕분에 나는 마음 놓고 방을 벗어나 딴짓을 할 수도 있었다. 그렇게 한 엿새를 꼬박 말렸던 것 같다. 보기에도 누릇누릇, 만져 봐도 꾸덕꾸덕 잘 말랐다. 랭보가 옥돔에 이렇게 눈독을 들이는 데에는 사실 이런 이유가 숨어 있었다. 20여 일 전에 옥돔을 구워 살점만을 발라내 랭보에게 시식을 시켰더랬다. 한 마디로 이날 랭보의 반응은 기대 이상이었다.

옥돔을 한번 맛보더니 눈이 휘둥그레져서는 냥냥거리며 또 없냐고 보채듯 졸졸졸 따라다녔다. 6일 만에 잘 마른 옥돔을 집 안으로 가지고 들어왔다. 랭보는 벌써부터 찹찹 입맛을 다셨다. 평소에도 랭보는 오징어며 쥐포라면 사족을 못 썼다. 드디어 나는 잘 마른 (반건조) 옥돔의 살을 정성껏 발라 랭보와 랭이의 밥그릇에 담아주었다. 랭보는 걸신들린 듯 순식간에 옥돔을 해치웠다. 반면에 랭이는 그것을 입에도 대지 않았다. "이 녀석 이 귀한 제주 옥돔을 마다하네." 보기와는 다르게 랭이는 멸치도 생선도 닭고기도 별로 좋아하지 않았다. 녀석은 오직 사료와 캔에만 눈독을 들였다.

　당연히 랭이의 밥그릇에 있는 옥돔까지 랭보의 차지가 되었다. 기껏해야 세 마리를 말렸으니 아끼고 아껴서 주느라 나는 4~5일에 한 번꼴로 반 마리 정도만 인심을 썼다. 옥돔을 먹고 나서 그루밍을 하는 랭보의 표정은 그렇게 흡족해 보일 수가 없었다.

박스에 탐닉하는 고양이를 위한 안내서

　　　　내 가　처 음 〈박스에 탐닉하는 고양이를
위한 안내서〉를 써야겠다는 생각을 하게 된 건 아주 사소하고 간단
한 이유 때문이다. 어느 날 아내가 새로 산 구두를 신기 위해 부스
럭거리며 구두 박스를 풀어헤치자 고양이 랭보는 어디서 달려왔는
지, 아내 앞에 '기다리는 고양이'의 자세로 얌전하게 앉아 있는 거였
다. 그리고 구두를 꺼내고 박스가 던져지는 순간, 녀석은 갑자기 불
타는 눈으로 번개처럼 박스를 점거해 버렸다.

　　그것은 랭보가 들어가기엔 턱없이 작아서 기껏해야 새끼 다람
쥐 한 마리가 들어가 앉을 자리밖에 안 되는 거였다. 하지만 랭보는
자신의 온몸을 구기고 말아서 기어이 그 작은 박스에 몸을 집어넣

고, 급기야 수용이 불가능한 머리만 밖으로 빼꼼 내밀고는 만족하다는 듯 냥냥거렸다. "야 박스 폭발하겠다!"라고 내가 말하자 랭보는 "어때, 나한테 딱 맞지?" 하는 눈빛을 연신 쏘아댔다. 누가 봐도 그건 강호동이 유아용 티셔츠를 입고 있는 꼴이었다.

집사라면 모두가 알고 있듯, 모든 고양이는 박스를 좋아하며, 박스에 탐닉한다. 더러 박스 중독에 걸린 고양이는 박스가 없으면 손발을 떨고 눈의 초점을 잃고 불안해한다는 보고도 있다나 어쨌다나. 고양이를 키우는 많은 사람들은 대부분 경험했을 테지만, 택배 아저씨를 무서워하는 고양이일지라도 택배만큼은 두 손 들어 환영하는 경향이 있다. 심지어 내용물이 고양이가 혐오하는 책이나 전자제품이 들어 있더라도 녀석들은 그것을 둘러싼 박스를 너나없이 사랑한다. 단 녀석들의 박스 선호도는 모양과 크기에 따라 달라질 수 있다. 그동안 내가 관찰한 것에 대해 별 도움이 안 되는 이야기를 하자면 이런 것들이다. 이 항목들은 인터뷰에 응해준 랭보와 랭이의 의견을 엄청 많이 참조하였다. 이건 어디까지나 랭보와 랭이의 다분히 주관적인 의견이므로 얼마든지 무시해도 좋다.

1. 작을수록 좋다

이를테면 신발 박스나 고양이 캔 박스, 이런 게 좋다. 몸에 꼭 맞는 기분, 그건 고양이가 아니고는 알 수가 없다. 덧붙이자면 튼튼할수록 더 좋다. 몇 번 들어갔다 나왔는데 망가지는 박스는 참을 수 없다.

2. 박스 구하는 법

고양이의 입장에서는 가장 훌륭한 집사가 택배를 많이 시키는 집사다. 혹은 마트에 갈 때 언제나 여분의 박스를 한두 개 더 가져오는 집사다. 랭보는 이런 이야기도 했다고. "난 마트 갈 때 장바구니 들고 가는 집사 반댈세."

3. 박스 사용 설명서

일단 네 다리가 다 들어가는 박스는 그것으로 족하다. 몸이야 구겨 넣으면 되는 거다. 어떤 집사는 큰 박스를 그냥 던져주기도 하는데, 그런 경우 한쪽에 고양이가 드나들 수 있는 동그란 구멍을 뚫어주는 게 고양이에 대한 예의다. 구멍 뚫린 커다란 박스는 보기에도 얼마나 좋은가. 사과박스처럼 튼튼한 박스는 스크래처로도 최고다. 책 박스나 두께가 얇은 박스도 나름대로 질겅질겅 씹어대기에는 안성맞춤이다.

4. 박스 선호도

신발 박스-고양이 캔 박스-책 박스-작은 토마토 박스-라면 박스-사과 박스-과자 박스-커다란 전자제품 박스. (*주의: 5kg 이상의 거묘가 신발 박스에 들어가는 것은 고양이 정서에 좋지 않으니, 몸집 큰 고양이의 신발 박스 출입은 삼가는 게 좋다.)

110   당신에게 고양이

5. 이런 박스는 별로

맥주 박스, 홍삼 박스, 담배 박스, 행거 박스, 박스 같지 않은 박스, 찢어진 박스.

6. 고양이에게 박스란?

박스란 인간이 고양이에게 던져주는 물건 중 최고로 쓸모 있는 것이다. 그것은 집 없는 고양이에게 집이 될 수 있고, 발톱을 가는 고양이에겐 부드러운 스크래처가 된다. 이빨이 근질거리면 그걸 뜯어낼 수도 있으며, 그것에 대해 시비를 거는 인간은 거의 없다. 무엇보다 박스는 고양이들에게 심리적인 안정감을 가져다주며, 새로운 박스는 늘 새로운 기쁨을 제공한다.

7. 박스 명언

"신은 인간을 위해 고양이를 만들었고, 인간은 고양이를 위해 박스를 만들었다." 믿거나 말거나.

가장 높은 곳이 가장 좋은 곳

길고양이 출신 랭보는 길에서 살던 본능이 여전해서 어떤 위험한 순간(집에 손님이 왔을 때 혹은 랭이가 싸움을 걸 때)이나 혼자만의 시간을 보낼 때면 어김없이 집안에서 가장 높은 곳으로 올라가곤 한다. 녀석에게는 가장 높은 곳이야말로 가장 안전하고, 가장 좋은 곳이다. 이를테면 거실의 5단 책장 위 같은 곳이 되겠다. 거실에는 2단 정도 높이의 캣타워가 있는데, 여기서 랭보는 수직으로 3단 정도의 높이를 점프해 책장 위로 올라가곤 한다.

반면 랭이는 어미가 길고양이라고는 하지만, 집안에서 태어나 '곱게(?)' 자란 탓에 점프력이 영 별로다. 하긴 6킬로그램의 몸무게로 3단 높이를 수직으로 점프한다는 것이 결코 쉬운 일은 아닐 것이다. 덕분에 랭보는 거실의 책장 위와 방안의 슬라이드 장식장 위를 누구도 침범할 수 없는 자신만의 공간으로 만들었다. 일종의 신성불가침 영역인 것이다. 랭이는 늘 이것이 약 오르고 부러울 따름이었다. 격하게 장난을 치다가도 랭보가 휘리릭 풀쩍, 책장 위로 올라가버리면 랭이는 바닥에 앉아서 한없이 부러운 눈으로 랭보를 올려다보았다.

얼마 전에도 랭보는 거실에서 싸움에 가까운 장난을 치다가 랭이의 머리를 한 대 쥐어박고는 훌쩍 책장 위로 올라갔다. 랭이는 자신이 올라갈 수 없는 곳에 랭보가 올라가 있다는 것에 자존심이 상하는지, 씩씩거리며 밑에서 왜앵 왜앵 울부짖었다. '부러우면 지는 거다' 딱 그 짝이었다. 아무리 억울하고 분해도 랭이로서는 어쩔 도리가 없었다. 랭보는 태연하게 책장 아래로 다리까지 하나 척 걸쳐놓고는 그런 랭이의 모습을 가소로운 듯 내려다보았다. 그건 마치 '용용 죽겠지' 약 올리는 모습에 가까웠다.

물론 힘으로 정정당당하게 싸우면 랭보는 랭이의 상대가 되지 않는다. 그러다보니 랭이는 언제나 힘을 앞세워 랭보를 괴롭히곤 했다. 랭보로서는 유일하게 믿을 구석이 책장과 장식장 위였던 것이다. 그것이 그렇게 분하고 억울한 일이라면 살이라도 빼서 날렵한 몸으로 저곳을 점령하면 될 텐데, 랭이에게는 그럴 의지도 없었다. 오히려 랭이는 자기 그릇의 사료를 다 비우고 랭보가 남긴 사료

까지 싹싹 비우기 바빴다.

그런데 어느 날 랭이가 뜻한 바를 이루었다. 아침에 거실로 나가보니 랭이가 버젓이 5단 책장 위에 올라가 유유히 그루밍을 하고 있는 게 아닌가. 책장 위에서 쫓겨난 랭보는 반대로 바닥에 앉아 랭이를 올려다보고 있었다. 드디어 랭이가 책장 위로 올라가는 데 성공한 것이다. 어쩌면 랭이는 저리로 올라가는 방법을 몰랐거나 그럴 용기가 없었던 걸로 보인다. 어쨌거나 축하한다, 랭이야. 랭보에게는 심심한 위로를 보낸다. 그건 그렇고 랭이야 이제 내려와서 밥 먹어야지. 새롭게 정복한 영역이 완전히 마음에 들었는지, 랭이는 랭보가 밥을 다 먹어갈 때까지도 내려올 생각이 없었다.

뭐지, 저 녀석! 밥을 마다할 녀석이 아닌데. 그때였다. 랭이가 위에서 안절부절 냐앙냐앙 울기 시작했다. 그럼 그렇지. 어찌어찌 올라가긴 했는데, 이번에는 내려올 수가 없었던 거다. 이런 굴욕이 없다. 나는 녀석의 도움 요청을 애써 외면했다. 어차피 내려오는 방법도 스스로 구해야 하는 것이므로. 녀석은 뭐 마려운 강아지처럼 책장 위를 바삐 왔다 갔다 하더니 두어 시간이 지나서야 겨우 바닥으로 내려왔다. 모르긴 해도 저 위에서 모골이 송연했을 것이다. 그나저나 고양이는 고소공포증이 없는 걸까? 옛날부터 이것이 궁금했는데, 나만 그런가?

수면 안대의 비밀

언젠가부터 랭이가 수컷 특유의 영역
표시를 하기 시작했다. 책장과 계단, 방문 입구는 물론 캣타워까지
녀석은 광범위하게 스프레잉을 하고 다녔다. 랭이가 벽 쪽을 향해
꼬리를 높이 쳐들고 바르르 떨 때마다 나는 혼을 내고 엉덩이도 때
려보았지만, 소용이 없었다. 내가 없을 때 하면 그만인 것이다. 냄새
를 제거하는 스프레이를 들고 구석구석 찾아다니며 닦아내도 시간
이 지나면 다시금 그곳에 스프레잉이 되어 있었다.

보기보다 냄새에 민감한 나는 녀석이 스프레잉을 할 때마다
스트레스가 쌓여만 갔다. 하루는 랭이를 앉혀놓고 혼을 내고 있는
데, 아내가 한마디 하는 거였다. "지금 같은 수컷이라고 경계하는

거냐옹?" 사실 아내는 냄새에는 그리 민감한 편이 아니어서 내가 '어디서 오줌 냄새가 나지 않아?' 하면 '모르겠는데'로 넘어가기 일쑤였다. 어떻게 모를 수가 있지? "걱정 마. 랭이가 인간 영역까지 넘보지는 않을 거야." 하지만 랭이주의자 아내의 옹호는 잘못된 판단이었다.

랭이가 결국 침대 이불에도 스프레잉을 하기 시작한 것이다. "봐, 여긴 인간의 영역이라고!" 했더니 아내는 "공동구역 아닌가?" 하면서 말리는 시누이 노릇을 했다. 그런 아내가 하루는 나한테 믿기지 않는 말을 했다. "여보! 랭이 오줌 냄새가 심하긴 심한가 보다." "왜?" "공기 중에도 냄새가 떠도는 것 같아." "뭐라고?" 나는 이불과 침대 구석구석에 코를 갖다 대고 킁킁거렸다. "거 참 이상하네. 이불 커버는 내가 오늘 빨아서 햇볕에 보송보송 말린 건데. 햇볕 냄새 아니고?"

냄새에 둔감한 아내가 이럴 정도면 어딘가에 내가 모르는 랭이의 스프레잉이 존재한다는 건데, 도무지 찾을 수가 없었다. 그때였다. 아내 가까이 다가가 코를 갖다 댔더니 스프레잉 특유의 냄새가 났던 것이다. 바로 수면 안대였다. 아내는 메밀껍질로 만든 수면 안대를 눈 위에 올려놓고 잠을 청하곤 했는데, 그 안대에서 냄새가 났던 것이다. "우와, 대박. 이걸 코 위에 얹어놓고도 잠이 오디?" 아내의 수면 안대에까지 랭이의 영역 표시 흔적이 남아 있었던 것이다. "아, 어쩐지 공기에서 냄새가 나는 것 같더라니."

그날 나는 발밑에서 자고 있던 램보와 랭이를 침실 밖으로 내쫓았다. 그리고 한동안 램보와 랭이에게 침실출입도 금지시켰다. 아무 잘못도 없는 램보는 침실 문밖에 앉아 야옹거렸지만, 나는 냉정했다. 사실 그동안 고양이와 함께 잠드는 것이 좋긴 했지만, 녀석들을 발로 차거나 깔고 뭉갤까 봐 여간 신경이 쓰인 게 아니었다. 솔직히 고양이에 대한 침실 출입금지 이후 평소보다 더 깊은 잠을 자게 된 것도 사실이었다. 그런데 뭐지, 이 허전함은? 아내의 수면안대는 내가 깨끗하게 물로 헹궈 말려 두었지만, 아내는 이후 두 번 다시 안대를 하지 않았다.

고양이를 좋아하지 않을 수 없는 이유들

누군가 사석에서 "고양이를 왜 좋아하세요?"라고 물은 적이 있다. 급작스런 질문에 나는 잠시 말문이 막혔다가 "그냥."이라고 대답했다. 좋은데 굳이 이유는 필요 없었다. 그냥 고양이가 좋았다. 그래도 왠지 고양이 작가가 이유도 없이 고양이를 좋아한다고 하면 안 될 것 같아서 나는 곰곰이 생각해보았다. 왜 나는 고양이를 좋아하는가?

고양이는 무릎에 좋다: 무릎 관절이 아프거나 시큰거릴 때 고양이를 올려놓으면 따뜻하니 찜질도 되고 참 좋다. 일명 고양이 찜질.

손이 시릴 때도 고양이: 손이 시릴 때 웅크린 고양이 뱃속에 슬쩍 손을 집어넣으면 난로나 핫팩이 따로 없을 정도로 따뜻하다. 물론 이때 손등을 스크래처로 내줄 수 있는 엄청난 용기와 각오가 필요하지만……

위풍당당: 선반에 고이 모셔둔 옹기를 바닥에 던져버리고, 대만까지 가서 선물로 사온 고양이 오카리나를 낙하실험 도구로 사용하고도 그렇게 당당할 수가 없다. 심지어 화장실에서 맛동산을 달고 나올 때조차도.

아무것도 하지 않음: 아무것도 하지 않으니, 아무것도 기대하지 않는다. 집을 지키지도, 알을 낳지도 않지만, 고양이는 아무것도 하지 않음으로써 모든 것을 얻는 능력이 있다.

내키는 대로: 밥도 내키는 대로 먹고, 노는 것도 내키는 대로. 내키지 않으면 아무것도 하지 않는다. 내키지 않아도 해야만 하는 집사의 삶은 어쩌라고.

때때로 자명종: 고양이가 있는 집에선 집사가 늦잠을 자도록 내버려두지 않는다. 게으름은 고양이의 몫이므로 집사가 게으른 건 못 참는다.

알고 보면 허당: 보기에는 꽤나 도도하고 시크하며 민첩해 보이지만, 의외로 허당이며 엉뚱한 구석이 있다. 점프하다 실수하거나 밥상에 몰래 손을 올렸다 들키면 급 그루밍하는 것으로 상황을 모면한다. 그런 면에서 고양이는 매사 긍정적으로 사는 듯.

고양이의 현실인식: 고양이만큼 현실에 충실한 동물도 드물다. 배고프면 먹고, 놀고 싶을 땐 놀고, 졸리면 잔다. 고양이는 이렇게 생각하는지도. "인간들은 뭐가 그리 복잡하게 의미와 자아를 찾으려고 하지? 인간들이 찾으려고 하는 그거 혹시 나무 꼭대기에 앉은 새 같은 건가? 미래의 행복을 위해 지금의 불행을 견디라고? 왜 그렇게 살아야 해!"

언제나 똥꼬발랄: 고양이의 명랑하고 발랄한 기운은 언제나 집사에게도 활기를 준다.

"어서 낚싯대를 흔들어!": 고양이는 멀쩡한 인간을 냥태공으로 만드는 능력이 있다.

인간을 지배하는 건: 생태계 먹이사슬 그림을 보면 언제나 꼭대기에 인간이 그려져 있곤 하다. 하지만 고양이가 있는 집에서 인간을 지배하는 건 언제나 고양이이므로 그런 그림은 아무런 의미가 없다.

"고양이는 신이 빚은 최고의 걸작이다."_ 레오나르드 다 빈치: 신이 빚은 걸작을 매일 감상할 수 있는 것도 축복이다.

멋진 피사체: 고양이처럼 다양한 표정과 동작을 보여주는 피사체는 드물다. 고양이를 보면 누구나 셔터를 누르고 싶어진다. 설령 영혼이 가출한 사진만 잔뜩 찍힐지라도.

고독한 명상가: 가끔 고양이가 창턱에 앉아 지그시 눈을 감고 있을 때면 세상에 없는 고독한 명상가가 저기 있다는 생각이 든다.

고양이는 다 귀여워: 아깽이도 귀엽고, 뚱냥이도 귀엽고, 노랑이도 귀엽고, 길에서 만나는 아무 고양이나 다 귀엽다. 짧은 인생, 오래오래 이 귀여움을 누리고 싶다.

집으로 온 길고양이 1년

"내일 무슨 날인지 알아?" 어제 아침 아내가 내게 물었다. "글쎄⋯." 도무지 떠오르는 기념일이 없었고, 아내가 이렇게 물어볼 때가 가장 무섭다. 모르면 몰라서, 알면 어떻게 알면서도 그러냐고 한소리 할 게 뻔하다. 결혼기념일도 아니고 아내 생일도 아니고, 이렇게 묻는 것을 보면 중요한 날인 것 같기는 한데. 하지만 모르는 것을 안다고 할 수도 없고, 해서 나는 우물쭈물하고 있었다.

"10월 27일, 랭보가 우리 집으로 온 지 1년 된 날이야!" 아내는 그날을 기억하고 있었다. 새삼 1년 전 가을이 떠올랐다. 이사 오기 전 늦가을 어느 날이었다. 날씨는 추워지는데, 녀석은 쓰레기통 아래서 누군가 내다버린 양념통닭 박스 안을 뒤져 힘겹게 닭뼈를 씹고 있었다. 사실 나는 그 모습을 보고도 집으로 데려올 생각은 없었다. 그런데 다음 날 내가 사료배달을 가서 잠시 앉아 있는데, 랭보가 입맛을 다시며 다가와서는 내 무릎 위로 올라오는 거였다.

만난 지 두 번 만에 녀석은 내 무릎 위로 올라왔다. 그리고 며칠 뒤 다시 그곳을 찾았을 때도 녀석은 밥을 다 먹고 또다시 내 무릎 위로 올라와 아예 이번에는 떨어질 생각조차 하지 않았다. '나는 약하고, 여긴 너무 살기 힘드니, 나를 좀 데려가면 안 되나요?' 라고 말하던 그 간절한 눈빛을 아직도 나는 기억한다. 그러니까 내가 데려왔다기보다 녀석이 따라온 거였다. 그리고 이렇게 1년이란 시간이 흘렀다. 아내는 나도 모르게 랭보를 위해 1주년 기념 선물까지 준비했다. 그동안 비싸서 엄두도 내지 못했던 원목 캣타워다.

물론 짠순이 아내는 그것을 좀 더 저렴하게 사기 위해 조립품으로 주문했다. 영락없이 한 이틀 원목 캣타워 조립을 해야 할 판이다. '아니, 몇 만 원 더 주고 완성품을 살 것이지' 하는 생각도 들었지만, 뭐 내 손으로 랭보의 캣타워를 만들어주는 것도 나쁘지 않을 것 같았다. 1년 만에 바깥 외출을 시켜주는 것도 좋을 것 같아 얼마 전에 산 몸줄을 두르고 마당에도 데리고 나왔다. 하지만 녀석은 길고양이 출신답지 않게 바닥에 사지를 붙이고는 덜덜덜덜 떠는 것이 아닌가(때문에 랭보의 외출은 5분도 안 돼 끝이 났다). 이렇게 무서움과 두려움 많은 녀석이 한때는 길에서 생활했으니, 그 마음이 오죽했

을까.

"오늘 밤 캔에 육포 하나 꽂고 우리 파티라도 할까?" 아내는 처음에 케이크라도 사야 되는 거 아니냐고 우겼지만, 그건 랭보 핑계로 자기가 먹으려는 속셈이 너무 훤해서 내가 말렸다. 결국 일하고 늦게 들어온 아내가 피곤함도 잊고 랭보 입양 기념 케이크(?)를 준비해 내놓았다. 캔 위에 가쓰오부시를 뿌리고, 테두리는 사료알로 장식을 했다. 랭보는 어리둥절하게 '아까 저녁 먹었는데, 왜 또 주지?' 하는 표정으로 있다가 이내 '먹어주지 뭐' 하는 표정으로 바뀌었다.

뭣 때문에 이런 횡재가 생긴 건지는 알 필요도 없이 녀석은 거의 혼자서 캔 케이크를 절반이나 먹어치웠다. 다행히 뒤에서 구경만 하던 랭이의 몫도 반이나 남았다. 랭이는 남은 음식을 거의 순식간에 털어 넣었다. "시간 참 빠르다, 그치?" 생각 없이 입맛을 다시던 랭보가 마침 '야옹~!' 하고 대답했다. 맨 처음 고양이를 만나 여기까지 온 시간들이 정말 주마등처럼 흘러갔다.

당신에게
고양이

제3부

아기고양이가 태어났어요

랭보가 새끼를 낳았다. 집으로 온 지 1년 2개월, 태어난 지 1년 5개월 만이다. 정확히 12월 3일 오후에 랭보는 한 시간 간격으로 두 마리의 새끼를 낳았다. 랭이를 닮은 고등어가 먼저 태어나고, 뒤이어 랭보를 닮은 삼색이가 태어났다. 사실 랭보는 출산 전까지도 배가 별로 부르지 않아서 임신한 줄도 몰랐다. 랭이와 사이가 별로 좋지 않았으므로 더더욱 의심을 하지 않았다. 그런데 어젯밤 랭보가 자꾸만 이상한 행동을 보이는 거였다. 옷장을 열고 그 안에 들어가 있지 않나, 밖으로 내쫓았더니 안절부절 박스를 들락거렸다.

아무래도 낌새가 이상해서 나는 부랴부랴 출산 박스를 만들어주었더랬다. 그런데 정작 랭보는 커다란 박스를 마다하고 화장실 옆의 자그마한 은신 박스에 몸을 풀었다. 새끼를 낳은 것도 뒤늦게 알았다. 목이 말라 주방에 왔더니 박스 안에서 삐약거리는 소리가 들렸다. 박스 안을 들여다보자 이미 랭보는 한 마리의 새끼를 낳고, 태반을 핥아대고 있었다. 출산 박스를 만들어준 것 말고는 아무것도 준비하지 않았는데, 랭보는 저 혼자 모든 것을 준비했다는 듯 새끼를 낳아놓고 저렇게 태반을 핥고 있는 거였다.

한 마리를 출산하고 또다시 산통이 오는지 랭보는 신음과 함께 한참이나 그르렁거리더니 한 시간 뒤 또 한 마리를 낳았다. 영락없이 산모 뒷바라지를 해야 할 판인데, 고양이 사진만 찍을 줄 알았지, 이럴 땐 어떻게 해야 할지 참으로 난감했다. 두 마리의 새끼를 낳은 어미는 기진맥진해서 거의 시체처럼 박스에 누워 있었다. 우선 뭐라도 먹여야 할 것 같아 냉장고를 뒤져보니 생닭 반 마리가 남아 있었다. 일단 삶은 닭고기라도 먹일 생각으로 생닭을 푹 고았다. 고기를 잘게 발라내 닭 국물과 함께 랭보에게 들이밀자 녀석도 배가 많이 고팠는지 허겁지겁 할짝할짝 국물을 받아 마신다. 하지만 닭고기는 서너 점 입안에 넣다가 만다.

출산 첫날 랭보는 박스에서 새끼들을 품에 안고 꿈쩍도 하지 않았다. 참 신기하다. 누가 가르쳐 주지도 않았고, 첫 출산인데도 어미는 저렇게 새끼를 낳아서 스스로 탯줄을 끊고 새끼들 몸에 남은 태반을 다 핥아먹고, 일일이 혀로 새끼의 몸을 구석구석 핥아서 깨

끗하게 목욕까지 시켜준다. 새끼들은 또 어떻게 알고 꼬물꼬물 어미의 품속에서 젖을 찾아내 오물오물 빨아댄다. '생명의 신비'가 따로 없다. 출산 하루가 지나서야 랭보는 이따금 박스 바깥을 나와 웅크린 몸을 풀고, 다리도 뻗어보고 길게 누워도 본다.

그러나 박스 안에서 새끼들의 앙냥냥 소리가 들려오면 곧바로 박스 안으로 달려간다. 이건 뭐 24시간 비상대기나 다름없다. 출산 사흘째가 되어서야 랭보는 다소 몸의 기력과 마음의 여유를 되찾은 듯 박스에서 먼 곳까지 둘러보곤 했다. 아내는 시장에서 미역과 동태를 사다가 푹 고아 한 접시 내놓았다. 그러나 이번에도 랭보는 국물만 할짝거릴 뿐, 동태살에는 눈도 주지 않는다. 랭보가 자리를 비운 틈을 타 양수와 피가 묻은 출산 박스에서 새끼들을 꺼내 새 박스에 옮겨주었다. 랭보가 미련을 갖지 않도록 출산 박스는 아예 치워버렸다.

출산 일주일째. 보통 새끼고양이는 일주일을 넘겨 눈을 뜬다고 하는데, 두 녀석은 아직 눈을 뜨지 않았다. 출산 열흘이 지나서야 한 녀석이 눈을 떴고, 다른 한 녀석도 가늘게 실눈을 떴다. 그런데 늦게 눈 뜬 삼색이 새끼는 눈 한쪽이 아픈 모양인지 눈곱이 잔뜩 끼어 있다. 며칠간 계속해서 눈을 클리너로 닦고 꾸준히 안약을 넣어주고서야 녀석은 겨우 앞을 보게 되었다.

출산한 지 2주일이 지나자 랭보는 다시 발정을 시작했다. 발정이 오자 랭보는 '애욕의 사모님'처럼 새끼도 팽개쳐두고 랭이만 찾아다녔다. 사실 랭이는 몇 달 전 스프레잉을 하기 시작하면서 중성화수술을 계획하고 있었다. 그런데 이번에는 더 미룰 수가 없게 되었다. 나는 곧바로 랭이를 데리고 동물병원으로 향했다. 랭이 입장에서는 그야말로 날벼락처럼 중성화수술을 하게 된 셈이다. 그리고 수술 후 일주일간 랭이는 따로 격리를 시켰다. 그것도 모르고 애욕의 사모님은 랭이의 방 앞에서 야옹야옹 울어댔다.

2주가 지난 새끼들은 꼬물꼬물 기어 다니며 엄마를 찾았다. 할수 없이 모성애를 자극하는 방법을 쓰기로 했다. 두 마리 새끼를 침대 위에 올려놓고 나는 새끼들이 삐약삐약 울게 그냥 두었다. 새끼들의 울음소리가 나자 랭보도 욕망을 접고 새끼들에게로 돌아왔다(랭보 또한 출산을 하고 4개월 뒤 중성화수술을 했다). 그러고는 본연의 어미로 되돌아가 새끼들에게 젖을 물렸다. 꾹꾹이를 하며 젖을 먹는 아깽이들과 가만히 눈을 감고 누워있는 어미고양이. 이 순간만큼은 집안의 모든 평화가 침대 위에 머물러 있었다.

좌충우돌 아기고양이 40일의 기록

랭보가 두 마리의 새끼를 낳은 지도 한 달이 넘었다. 다른 아기고양이에 비해 좀 늦된 감이 없지 않지만, 한 달 사이 녀석들은 참 많이도 자랐다. 처음 눈도 못 뜬 갓난냥이를 보았을 때만 해도 이 녀석들이 언제 자라서 거실을 뛰어다닐까, 하는 생각이 들었지만, 그야말로 쓸데없는 걱정이었다. 한 시간 늦게 태어난 삼색이는 한쪽 눈이 바이러스성 결막염에 걸려 혹시 문제가 되지 않을까 염려했지만, 그 또한 문제될 게 없었다. 어미의 젖과 시간과 기다림이 모든 것을 해결해 주었다.

두 녀석은 출산 후 열흘이 지나 눈을 뜨더니 20일 쯤부터는 가끔 양육 박스를 나와 뒤뚱뒤뚱 걸음마를 했다. 일단 걸음마를 시작하고부터 녀석들은 무서운 속도로 성장했다. 뒤뚱뒤뚱 겨우 발을 떼던 녀석들이 어느 새 뽈뽈뽈뽈 걸어 다니더니 한 달을 넘기면서는 토끼처럼 깡총깡총 뛰어다녔다. 그러나 한 달이 넘어서까지 두 녀석은 여전히 어미젖만 탐했다. 이유식을 만들어 내밀어도 본체만체, 덕분에 어미는 거의 일주일 이상 아깽이용 이유식을 대신 먹는 재미로 살았다.

사실상 이유식도 건너뛴 녀석들이 자묘용 사료를 먹기 시작한 건 달포가 지나서였다. 혹시나 하고 녀석들에게도 항상 독상을 차려주었는데, 드디어 고등어무늬 녀석이 먼저 사료에 관심을 보이며 씹어 먹기 시작했다. 이틀이 지나 삼색이도 사료맛을 보았다. 아내는 두 녀석의 이름을 '체'와 '루'로 지었다. 고등어무늬를 한 아기 고양이는 체, 삼색이는 루. '체'는 거창하지만 내가 좋아하는 '체 게바라'에서 따온 것이고, '루'는 릴케와 니체의 연인이었던 '루 살로메'에서 따온 것이다. 뭐 아내가 그렇게 부른다기에 그러라고 했다.

체와 루. 체는 먼저 태어났고, 사료맛도 먼저 보고, 어미의 사랑도 독차지했다. 어미는 한 배에서 난 새끼인데도 유독 체를 편애하곤 한다. 한번은 이런 일도 있었다. 두 녀석이 태어난 지 사나흘 쯤 지났을 때였다. 어미 랭보는 우리가 자는 사이 루를 물어다 방구석에 내다 버렸다. 새벽에 하도 새끼 우는 소리가 들려 불을 켜보니 랭보는 태연하게 박스 속에서 체의 몸을 핥아주고 있었다. 새끼들이 걸음마도 못하던 시절에도 녀석들을 옮길 때면, 언제나 체를 먼

저 물어다 놓고, 루는 한참이나 그 자리에 울게 놔두었다.

길고양이들이 가끔 젖이 부족할 때 가장 약한 새끼 순으로 버린다는 얘기도 있던데, 랭보는 기껏 두 마리를 낳고도 그런 행동을 했다. 애정 결핍 속에서도 루는 꿋꿋하게 자라서 이제는 되레 체보다 더 빠르고, 계단도 먼저 오르고, 점프도 훨씬 잘하는 녀석으로 컸다. 화장실 사용도 체보다 루가 닷새는 빨랐다. 이래저래 생후 한 달을 넘기면서부터 녀석들은 집안을 난장판으로 만들곤 했다. 고 쥐방울만 한 녀석들이 벌써부터 우다다를 한다고 거실 저쪽에서부터 주방까지 질주 본능을 선보이는데, 이건 거의 날다람쥐 수준이다.

그뿐만이 아니다. 녀석들은 눈에 보이는 모든 것을 물어뜯었다. 박스, 의자, 충전기 전선, 책끈, 가방, 빨래건조대는 물론 화분에서 막 피어난 천리향 꽃잎에 이끼까지 무조건 물어뜯고 보았다. 심지어 어미의 발가락과 꼬리, 귀를 물어뜯는 통에 랭보는 귀찮아 죽겠다는 표정이다. 한번은 체가 어미의 목을 얼마나 세게 물었는지 랭보가 너도 한번 당해보라며 체의 목덜미를 사정없이 물어 비명까지 지른 적도 있다. 두 마리의 새끼가 연합해 어미의 꼬리를 잡는 장난은 그냥 애교 수준이다.

뛰기 시작한 지 얼마나 됐다고 녀석들은 점프로 몸을 날려 방심하고 있는 어미의 등짝에 올라타기 일쑤다. 녀석들은 나도 가만 놔두지 않는다. 거실에 앉아서 내가 책이라도 볼라치면 어느 새 한 녀석은 바짓가랑이를 붙잡고 물고 뜯고 또 한 녀석은 양말 속으로 발톱을 집어넣고 입으로는 발가락을 물고 장난을 친다. 식탁에 앉아 밥을 먹을 때에도 녀석들은 내 바지가 무슨 캣타워라도 되는 양 발톱을 세우고 나무 타듯 올라와 무릎까지 정복하곤 한다. 이 녀석들 어찌나 다리 근처를 알짱거리는지 밟을까 봐 발도 함부로 뗄 수가 없다.

거실의 거의 모든 것을 물어뜯고 참견하고 그도 시큰둥해지면 이제 두 녀석은 격투기 선수로 돌변한다. 이것들이 벌써부터 털을 곤두세우고, 꼬리를 치켜들고, 격투기 선수처럼 옆으로 빙빙 돌면서 상대를 재는 게 보통이 아니다. 이때 신이 난 건 새끼들뿐만이 아니다. 덩달아 철없는 아빠는 새끼들 틈에 끼여 사냥 장난을 친다. 새끼들을 사냥감으로 놓고 저쪽에서 우다다다 돌진해서는 와락 덮치는 것이다. 새끼들은 놀라서 도망치고, 그게 재미있다고 랭이는 또 달려들고. 이때 어미인 랭보만 안절부절 노심초사 심란하다. 철없는 아빠가 새끼들 다치게 할까 봐 따라다니며 보호하고, 어디서 어떤 사고를 칠까 전전긍긍 내 눈치를 본다.

거실에서의 장난이 시큰둥해지면 이제 녀석들은 화장실로 향한다. 일을 보러 갈 때보다 이 녀석들 장난을 치러 갈 때가 더 많다. 두 녀석은 화장실 모래를 발로 헤치는 땅파기 장난을 한참이나 치다가 깊은 웅덩이 참호까지 만들어놓고 납작 엎드려 랭이가 전수한 사냥 흉내까지 낸다. 정말로 정신이 하나도 없다. 이 녀석들 하루하루가 좌충우돌, 방약무인의 날들이다. 그래도 요 녀석들 한바탕 난리굿을 치르고 나면 언제 그랬느냐는 듯 새근새근 잠이 든다. 잠결에 어미 품을 파고들어 젖도 빤다. 그럴 때면 온 우주가 다 적막하다.

아, 이 귀엽고 무서운 악마 같은 천사들!

고양이는 재미를 추구하면 안 되는 걸까

아기고양이들은 하루의 대부분을 잠으로 보내고, 나머지 시간의 대부분은 또 놀이(장난)로 보낸다. 전문가들은 아깽이 시절의 놀이를 두고 사냥연습이나 싸움, 짝짓기를 대비한 훈련으로 보는 경향이 있다. 거기에 덧붙여 나는 고양이들에게도 재미를 추구하는 유희본능이 있다고 믿는다. 누군가는 '설마 고양이가 재미를 추구하겠어요?'라고 반문할지도 모르겠다. 고양이는 재미를 추구하면 안 되는 걸까?

한번은 내가 감기약을 먹고 약봉지를 돌돌 말아 고양이에게 던져주었더니 루와 체가 번갈아 드리블 연습을 하는데, 재미가 없다면 저렇게 열심히 할 이유가 없다는 생각이 들었다. 이후 내가 무슨 약만 먹으면 루는 내 앞에 와서 '종이공'을 만들어 달라고 냥냥거렸다. 이 종이공 놀이는 과거 랭보도 꽤 즐겨했던 놀이다. 랭보도 루도 이 사소한 축구놀이에 시간 가는 줄 몰랐다.

아직 어린 체와 루는 눈만 뜨면 '오늘은 무슨 장난을 칠까' 눈빛을 반짝거리곤 한다. 말괄량이가 따로 없다. 이 녀석들이 가장 즐겨하는 장난은 숨바꼭질이다. 박스와 책장 사이에 숨는 것은 기본이고, 가끔 컴퓨터 뒤편의 먼지 구덩이에 들어가 온몸에 먼지를 뒤집어쓰고 나올 때도 있다. 며칠 전엔 두 녀석이 화장실 앞 발 매트를 거실 가운데까지 질질 끌어다놓고 번갈아 숨바꼭질을 했다. 심지어 엄마 아빠까지 끌어들여 온 가족이 '무한장난'을 펼쳤다.

한번은 빨래바구니를 건조대 아래 놓고 빨래를 널고 났더니 그새 아기고양이 두 마리가 빨래바구니를 점거해버렸다. 이 녀석들 못 보던 새로운 놀이터가 생겼다는 듯 그 안에서 엎치락뒤치락 치고 박고 싸움장난을 쳤다. 두 녀석 모두 잠시도 가만있지 않았다. 앞에서 지켜만 보던 어미고양이마저 재미있어 보였는지, 체면 따위 버리고 빨래바구니 안으로 스윽 들어간다. 그러자 이번에는 두 녀석이 동시에 어미를 공격하고 귀와 꼬리를 물고 늘어진다. 엉킨 빨래보다 더 난삽하게 뒤엉킨 고양이들.

한참이나 그렇게 놀다가 어째 좀 잠잠하다 싶어 안을 들여다보니, 체는 빨래통 밖으로 밀려나 잠들기 일보직전이었고, 루는 어미고양이의 얼굴을 정성껏 그루밍하고 있었다. 그것도 잠시, 루는 꾹

꾹이를 해가며 어미의 품에서 젖을 빨기 시작했고, 체는 새근새근 잠이 들었다. 랭보도 슬슬 졸음이 밀려오는지 체를 베개 삼아 꾸벅꾸벅 졸았다. 한바탕 난리굿을 치른 거실은 그제야 좀 평화롭고 잠잠해졌다.

흔히 집사들은 고양이의 장난도 한때라고 말한다. 나이가 들면 호기심도 사라지고 놀이에도 재미를 느끼지 못한다는 것이다. 실제로 전문가들의 연구에 따르면 고양이가 이렇게 놀고 장난치는 것도 생후 3개월까지라고 한다. 3개월을 기점으로 고양이는 독립을 하거나 스스로 먹이활동을 나서야 하는데, 이러한 생활고가 더 이상 놀이에 전념할 수 없게 만드는 것이다. 그러니까 그 무렵 호기심이 사라진다기보다 놀고 싶어도 놀 수 없는 현실을 만나는 셈이다. 먹이에 대한 걱정이 없는 집고양이조차 이와 비슷한 행동을 보이는 것을 보면 이것도 고양잇과의 본능인 건가?

고양이 사진, 비법이 있나요?

　　　　　　　　　몇 년 전 최고의 카메라 회사라 할 수 있는 곳에서 '고양이 사진 찍는 법'을 주제로 강연 의뢰가 들어온 적이 있다. 결론적으로 말해 나는 정중하게 거절하고 말았다. 사실 나는 사진 전문가도 아닌 데다 사진 이론이나 기술에 능하지도 않다. 발품과 시간을 들인 것만큼은 확실하지만, 우연히 손가락을 눌렀더니 괜찮은 장면이 탄생한 경우도 적지 않다. 거창하게 사진 철학 같은 거 없다. 가끔 무언가를 의도하고 찍긴 하지만, 대부분 고양이 사진은 그 의도를 벗어나기 십상이다.

　　고양이는 연기자가 아니므로 언제나 예측이 불가능하다. 꾸준히 애정을 가지고 촬영하는 과정에서 '도대체 어떻게 이런 사진을 찍었을까!' 하는 의아한 사진도 나오는 것이다. 나름대로의 방법은 있어도 비법은 없다. 딱 한 가지 공을 들이는 게 있다면, 고양이와의 연대감 형성이다. 운이 좋아 우연히 좋은 장면을 건질 수는 있겠지만, 이런 행운은 매번 반복될 수가 없다. 또 하나가 있다면, 이야기가 있는 사진이다. 사진 한 장이 이야기를 건네는 사진. 사진을 보는 순간 어떤 이야기를 상상하게 만드는 사진. 이 또한 고양이와의 오랜 교감이 없으면 불가능하다.

그러나 언제나 집고양이 사진은 예외다. 사실 개인적으로는 길고양이보다 집고양이 사진 찍기가 백배쯤은 어렵다고 생각한다. 연대감조차 통하지 않는 것은 물론이고(집고양이는 집사를 우습게 아는 경향이 있는데다 길고양이처럼 먹이에 대한 절박함이 없기 때문에) 늘 똑같은 한정된 공간과 빈약한 노출로는 고양이의 세계를 온전히 담아낼 수가 없는 것이다(하필이면 이사한 집이 오전에만 잠깐 볕이 드는 동향집이다). 집고양이인데다 아기고양이라면 정말 사진 기술의 한계를 느끼게 해줄 뿐이다. 특히나 1~2개월 사이의 아기고양이는 잠시도 가만있지 않아서 초점을 맞췄는가 싶으면 어느 새 그 자리에 없다. 눈에 초점을 맞추고, 셔터속도를 1/1250 이상으로 찍는다는 상식만으로는 해결이 되지 않는다. 노출이 잘 떨어지지 않는 어두운 실내에서 셔터속도를 마냥 높일 수만도 없는 노릇이다. 그러다 보니 이른바 '유체이탈' 사진이 속출한다.

우리집 아기고양이 체와 루는 커가면서 성격이 조금씩 바뀌고

있는데, 체보다 루가 훨씬 모험적이고, 활동적이다. 따라서 루의 사진을 찍기가 훨씬 어렵다. 체는 가끔 카메라를 의식해 정지된 포즈를 취하곤 하는데, 루는 잠시라도 가만있는 성격이 아니어서 사진을 위해 포즈 따위 절대 취하는 법이 없다. 하루는 창가 의자와 등받이를 타고 오르며 노는 녀석들을 카메라에 담아보았는데, 체의 모습은 프로필 사진에 가깝게 나온 반면, 루는 하도 움직임이 심해 대부분 초점이 흔들렸다.

이때 많은 분들은 고양이 낚싯대나 장난감으로 시선을 유도해 사진을 찍는데, 하필 우리집 낚싯대나 장난감은 랭이가 가만 놔두지 않아서 온전한 게 없는 상태이므로 나는 연필을 흔들거나 카메라 액세서리를 흔들어 겨우 체의 사진을 찍었다. 그나마 이마저도 늘 튕겨져 나갈 준비가 되어 있는 루에게는 통하지 않았다. 어떤 분은 블로그에 와서 길고양이 사진은 많은데, 집고양이 사진은 왜 별로 없느냐고, 집고양이 차별하느냐고 하는 분도 계신데, 제 고충은 바로 상기한 바와 같습니다. 이해해 주세요.

고양이 장식

 고양이와 함께 살면 특별한 장식이 필요 없다. 고양이야말로 가장 멋진 장식은 무슨…….

눈에 보이는 모든 장식을 고양이가 바닥으로 던져버리기 때문이다.

체 게바라에게 미안합니다

체 게바라의 인기가 여전해서일까. 아직도 대학로나 난전에서는 체 게바라 티셔츠가 심심찮게 팔리곤 한다. 한때는 별다방의 일회용 컵에서도 그의 얼굴을 볼 수가 있었다. 팔리는 아이템이 된 체 게바라. 우리집 체를 떠올릴 때면 체 게바라에게 그저 미안할 따름이다. 사실 체라는 이름을 지어줄 때만 해도 혁명가의 길은 닮지 못해도 그의 거침없는 용기만큼은 닮아주기를 원했다. 거기에는 '부디 커서 훌륭한 고양이가 되어라'라는 격려의 의미도 내포돼 있었다.

그러나 체의 이미지는 체 게바라와는 정반대였다. 녀석은 유난히 겁이 많아서 바스락거리는 소리에도 숨기 바쁘고, 같은 배에서 나온 루에 비해 동작도 언제나 느렸다. 엄마 랭보가 하듯이 뒷목을 잡아 올릴 때면 루는 자갈치시장 활어처럼 파닥거리며 반항을 하는 데 반해 체는 체념한 듯 온몸을 축 늘어뜨리곤 했다. 그래도 그 모습과 표정이 귀여워서 자꾸만 녀석의 뒷목을 잡게 만들었다.

체는 궁서체 시옷 모양의 입과 두려움이 가득한 눈동자를 지녔다. 외모로 보자면 제 아빠를 쏙 빼닮아 거의 아바타급이다. 하는 행동도 비슷하다. 약간 단순하고 먹을 것 밝히고, 툭하면 사고치는 것까지. 아빠 또한 그런 체가 더 끌리는지, 체를 늘 곁에 두는 편이다. 한 가지 다른 점이 있다면, 성격이다. 다행히(?) 체는 랭이에 비해 온순한 편이어서 발톱을 세우거나 공격성은 별로 없다. 체가 몸집이 커지면서 점점 랭이와 혼동이 될 때가 있는데, 한번은 발밑을 지나가는 녀석을 무심코 들어 올렸다가 허벅지에 보기 좋게 영역표시를 당한 적이 있다. 랭이였다.

겁이 많은 녀석은 우편배달부가 현관문을 두드릴 때마다(동네에서 우편물이 가장 많이 오는 집이 우리 집이라 배달부 아저씨는 하루가 멀다 하고 오신다) 거의 넋이라도 있고 없고, 혼비백산 꽁지가 빠져라 숨어버린다. 신속하게 사라지는 면에서는 게릴라 같기도 하지만, 다시 나타날 때까지 얼마나 걸릴 지는 장담할 수가 없다. 동거인인 나를 보고도 꼬리를 엉덩이 사이에 넣고 슬금슬금 눈치를 보기 바쁘다.

거칠고 험난한 전쟁터 같은 길고양이의 삶과 비교하자면, 고양이 세계의 지하대피소에 비할만한 곳에 살면서도 저리 덜덜 떨고 있으니 산책이라도 시도했다가는 아마 심장마비를 일으킬 게 불을 보듯 뻔하다. 저래서야 혁명은커녕 연명도 쉽지 않다. 고양이에게 체 게바라의 이름을 붙인 것도 미안한 일인데, 하필 이름붙이고 보니 이런 고양이라니, 체 게바라에게 이만저만 미안한 일이 아니다.

체 게바라의 본명은 에르네스토 라파엘 게바라 데 라 세르나(Ernesto Rafael Guevara de la Serna)이고 널리 알려진 체 게바라란 이름은 혁명에 뛰어들면서 스스로에게 붙인 이름이라고 한다. 스페인말로 체(che)는 '야' 혹은 '어이', '이봐'라는 식으로 사람이나 동물을 부를 때 쓰는 말이라고. 'Hey, dude!' 쯤 되려나? 그러니까 고양이 체도 그런 뜻으로 아시고 체 게바라를 사랑하는 여러분 용서하십시오. 고양이 '어이'일 뿐입니다.

165

바깥세상이 궁금해

우리집 아기고양이 체와 루가 어느덧 태어난 지 3개월이 다 되어간다. 이 녀석들 이제 제법 몸집도 커지고 눈동자도 호박색으로 바뀌었다. 녀석들의 호기심은 점점 더 왕성해져서 이제는 어미가 하는 거의 모든 행동을 그대로 따라한다. 처음에는 겨우 좌탁을 기어 올라가는 것만으로도 흡족해하더니 점점 정복 대상을 넓혀 계단, 캣타워, 식탁의자, 식탁, 책상, 창틀은 물론 예전에는 엄두도 내지 못했던 5단 책장 위까지 정복하고 말았다.

게다가 요즘에는 제법 바깥 구경 좋아하는 어미 랭보의 흉내를 내느라 창문 바깥세상을 구경하는 시간도 꽤 많아졌다. 녀석들에겐 창문 바깥의 모든 것이 신기하고 궁금할 따름이다.하늘에 뜬 구름도 신기하고, 소리를 내며 지나가는 자동차, 걸어가는 사람들, 어느 날은 눈이 내렸다가 어느 날은 비가 내리고, 꽃은 피었다 지고, 이파리는 풍선처럼 부풀고, 물 댄 논에는 어느 새 벼가 자라고, 어두운 하늘에선 잔별이 뜨는 이 천변만화의 풍경들. 그리고 무엇보다 마당과 테라스에 수시로 날아드는 온갖 새들을 구경하느라 녀석들은 넋을 놓곤 한다.

　두 녀석이 신나게 장난을 치다가도 창밖에 새 한 마리가 날아오면 둘 다 동작 그만, 천천히 고개를 들어 궁금한 눈빛을 보낸다. 녀석들은 매일매일 달라지는 바깥세상이 궁금해서 오늘도 미칠 지경이다. 다 큰 고양이 랭보와 랭이도 바깥세상에 대한 궁금함은 아깽이들과 별로 다르지 않다. 아마도 세상 모든 집고양이들의 공통된 취미생활이 있다면, 창밖 구경일 것이다. 창밖의 세상은 늘 변화무쌍하다. 그것을 즐기려는 고양이들의 자리다툼도 치열하다. 특히나 창가자리가 지정석에 가까운 랭보는 가장 전망이 좋은 명당을 사수하기 위해 랭이는 물론 아깽이들에게도 한 치의 양보가 없다.

참 묘한 눈

고양이의 눈은 많은 것을 담고 있다.

이를테면 동경과 갈망, 경계와 불안, 관심과 호기심, 애처로움

과 사랑!

고양이의 눈을 들여다보고 있으면

그 안에 무언가 다른 세계가 들어 있는 것만 같다.

사람들만의 치사하고 이기적인 생존방식이 아닌

전혀 다른 생존의 세계!

정직하고 순진하며, 본능에 충실한 묘생!

한 번쯤 고양이의 눈을 들여다보라.

그 눈은 참으로 묘하다.

그 묘함을 무서워하는 이도 있지만,

나는 그 고양이다운 고양이만의 눈이 좋다.

라임색, 호박색, 바다색, 하늘색…….

자연의 빛깔을 닮은 그 눈은 또 하나의 표정이다.

특히 아기고양이의 눈은 신비 그 자체다.

세상에 태어나 처음 눈을 떴을 때,

아기고양이의 눈은 마치 태초의 우주처럼 암흑이다.

그러나 하루하루 시간이 갈수록

신비한 라임색 혹은 푸른빛을 띠다가 점점 호박색으로 변해간다.

눈 속에서 빛나는 홍채는 마치 우주 폭발을 보는 듯하고,

때때로 낯선 행성의 표면을 보는 듯하다.

그 신비한 눈으로 고양이는 이 무한한 세상을 본다.

고양이의 눈을 들여다보라.

그 안에 고양이만의 매력이 있다.

고양이 목침 사용법

우리집 고양이 랭보는 요즘 부쩍 목침을 베고 자는 일이 많아졌다. 본래 이 목침은 어깨와 뒷목 사이를 받치는 경침으로 만들어졌지만, 랭보는 이것을 베개로 사용하고 있다. 물론 처음부터 랭보가 목침을 베개로 사용한 건 아니다. 봄이 되면서 고양이도 춘곤증이(사실 춘곤증과 상관없이 잘 때가 더 많지만) 오는지 거실 바닥에 제멋대로 누워 잘 때가 많았는데, 어느 날 보니 랭보가 목침을 베고 있었다. 내가 딱 한 번 경침을 사용하고 그대로 바닥에 둔 것을 랭보가 차지해버린 것이다.

한두 번 사용해보고 마음에 들었는지 녀석은 툭하면 경침을 베고 누웠다. 작년 12월 초에 두 마리의 새끼를 낳은 랭보는 그동안 육묘로 인한 스트레스에 시달려 왔다. 자식이란 게 다 그렇듯 품안의 자식이고, 어느 정도 크고 나면 저 혼자 큰 줄 안다. 어미가 아무리 정성과 걱정으로 돌봐주어도 때가 되면 제멋대로 행동하고 사고를 치는 법이다. 한번은 아깽이 체가 발톱으로 벽지를 긁어놓아 내가 녀석의 엉덩이를 한 대 때려 혼을 내자 어미인 랭보가 삐쳐서는 밥 먹으러 오라고 불러도 등을 돌리고 오지 않는 거였다.

녀석은 내게 무언의 항의를 한 것인데, 아마도 이런 의도였던 것 같다. 혼을 내도 내가 혼내. 내 자식의 훈육은 나한테 맡겨. 천성적으로 사색을 즐기고 고요한 성격인 랭보는 아깽이들이 정신없이 장난을 치고 사고를 칠 때마다 노심초사 따라다니며 야옹거렸다. 시쳇말로 사색을 즐기기는커녕 사색이 되곤 했다. 더러 결정적인 순간에는 자신이 앞에 나서 혼을 내고 타일렀다. 이럴 때는 나 몰라라 하는 성격이 몸도 편한 법인데, 랭보는 혹시라도 새끼들이 나한테 혼날까 봐 전전긍긍하는 모습이었다.

딱 한 번 혼을 낸 것 가지고 랭보 녀석, 나를 못된 시어머니 취급했다. 아랑곳없이 체와 루는 온 집을 놀이터로 삼았고, 이 집의 모든 포유류를 놀이의 대상으로 삼았다. 작업실에 앉아 있다가 졸지에 내가 녀석들의 뜀틀이 된 적도 있고, 3단 캣타워가 된 적도 있다. 새끼들 말리랴, 내 눈치 보랴. 랭보의 하루하루는 피곤의 연속이었다. 새끼들이 잠들고 나면 랭보 또한 거의 정신줄을 놓고 잠들 때가 한두 번이 아니었다. 얼마 전에는 목침을 베고 누워 혀까지 죽 빼물고 자는 것이 안쓰러울 정도였지만, 그 모습에 어찌나 웃음이 나던지.

엊그제 태어난 것 같은데, 체와 루는 자라서 어느덧 4개월령을 넘겼다. 길고양이로 치면 독립을 할 나이가 된 것이다. 하지만 아직 천둥벌거숭이 티를 벗지 못한 녀석들은 가끔씩 어미젖을 찾아 랭보의 품속을 파고들었다. 이미 어미만큼 체구가 커진 녀석들이 어미 품을 파고드는 모습은 차마 눈 뜨고 보기 '좋았다'. 그래도 이 녀석들아. 이 정도 자랐으면 제 앞가림할 때가 되지 않았니? 엄마 속 좀 그만 썩이고. 가끔 너희 엄마 어깨도 좀 주물러 드려라.

항상 이용해 주셔서 감사합니다

고양잇과 동물에겐 따로 박스를 좋아하는 유전자라도 있는 걸까? 항간에 떠도는 동영상이나 사진에는 호랑이나 표범이 박스에 들어가 있는 모습도 흔하게 만날 수 있다. 고양이가 박스를 좋아하는 것은 국적(고양이에게 국적이 있을 리 없지만)과 품종을 떠나 예외가 없다. 가장 큰 이유로 꼽히는 것은 역시 박스가 몸을 숨길 수 있는 은신처가 되어주기 때문이다. 포식자로부터 자신을 보호하기 위한 행동인 것이다. 하지만 이게 다가 아니다. 다른 이유들이 분명히 존재한다.

내가 아는 한 우리집 고양이들에게 박스는 놀이의 도구이다. 고양이들은 한 녀석이 박스에 숨고, 다른 녀석이 박스에 숨은 녀석을 공격하는 뻔한 놀이를 즐긴다. 이 단순한 게임이 뭐 그리 즐겁다고 녀석들은 이 놀이를 지겨울 때까지 반복한다. 이런 박스놀이를 통해 녀석들은 스트레스를 풀고 서로의 친목을 도모한다. 박스놀이로 스트레스를 푼다고? 실제로 외국의 한 수의사가 고양이를 두 집단으로 나눠 박스 실험을 했는데, 박스를 제공한 집단의 고양이들이 스트레스를 훨씬 덜 받았다고 한다. 개인적으로 이런 '쓰잘 데 없는 연구' 너무 좋다.

고양이를 키우는 집사라면 상식적으로 알고 있는 이유도 있다. 일반적으로 고양이는 여름보다는 겨울에 박스를 더 좋아하는데, 예상한 대로 박스의 보온효과 때문이다. 박스의 따뜻하고 아늑한 느낌은 고양이를 안심시켜 주고 잠을 불러오게 한다. 이건 길고양이가 방금 운행이 끝난 자동차의 보닛에 올라가 있거나 집고양이가 컴퓨터 본체 위에 누워 있는 것과도 비슷한 이유지만, 결정적으로 박스에는 비교할 수 없는 아늑함과 포근함이 더해진다.

우리가 아무리 그 이유를 찾아본들 고양이들은 어쩌면 콧방귀를 뀔지도 모르겠다. '바보들, 이유가 어디 있어. 그냥 좋은 거지.' 고양이와 사는 동안 나는 무수한 박스를 고양이에게 갖다 바쳤다. 그때마다 박스는 박스라는 이유만으로 고양이들에게 환영받았다. 나중에 태어난 체와 루도 선배 고양이들과 다를 게 없었다. 얼마 전에 체는 신발 박스를 던져주자 박스에 뚫린 동그란 구멍에 앞발을 집어넣고 흡족해했다. 구멍에 딱 맞는 앞발을 자랑이라도 하고 싶었

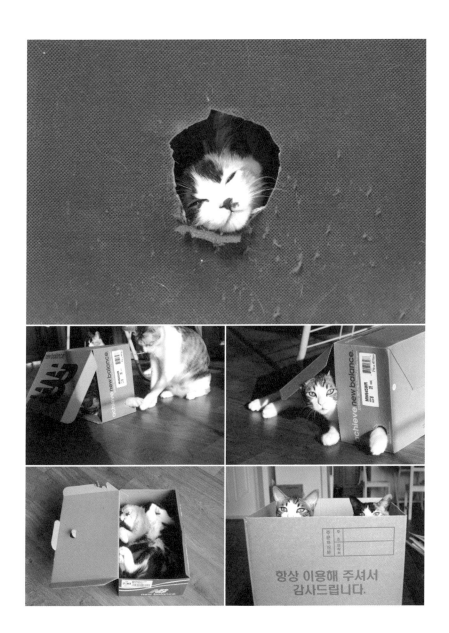

던 걸까. 녀석은 루에게도 보여주고 랭보에게도 보여주며 한참을 그러고 있었다. 보다 못한 랭보는 체가 건넨 앞발에 악수(그냥 손이라고 치자)를 건넸고, 맘에 들지 않는 루는 악수는 무슨, 하면서 체의 앞발을 공격했다.

루는 유난히 작은 박스를 좋아했다. 신발 박스는 물론 선물 박스와 토마토 박스, 심지어 박스는 아니지만 바게트를 사면 담아주는 빵 봉지까지. 한번은 마트에서 물건을 담아 가져온 커피 박스에 구멍을 두 개 만들어주었더니 체와 루가 구멍 하나씩을 차지하고 고개를 내밀거나 앞발을 내밀었다. 그 모습이 재미있어서 나는 그 앞에서 낚싯대를 흔들거나 고양이 장난감으로 놀아주곤 하였다. 이후로도 나는 새로운 박스(주로 큰 박스)가 생길 때마다 두 개의 구멍을 뚫어주곤 하였다. 사실 얼마 전 박스에 하나의 구멍만 냈더니 두 녀석이 서로 구멍을 놓고 싸웠다. 그러므로 박스에 구멍이 두 개인 이유는 다 고양이 가족의 평화를 위한 것이다.

박스 중에 농협 ㅇㅇㅇ마트에서 제작한 박스가 있다. 겉에는 항상 이용해 주셔서 감사합니다, 라고 쓰여 있다. 시골에 살다 보니 대형 마트가 없어서 늘 ㅇㅇㅇ마트를 가는데, 나 또한 이 박스를 자주 이용하는 편이다. 그런데 나만 자주 이용하는 것이 아니다. 우리 집 체와 루는 이 박스의 단골손님이다. 오늘도 마트에 다녀와 녀석들에게 박스를 내어주었더니, 체와 루가 떡하니 들어가 있는 거였다. 박스에 적혀 있듯이 나 또한 녀석들에게 말하고 싶었다.

항상 이용해 주셔서 감사합니다.

고양이 풀 뜯어먹는 소리

우리 집 고양이들은 풀을 무척이나 좋아한다(물론 대다수의 고양이들이 몸속의 헤어볼 제거를 위해 풀을 즐겨 먹지만). 특히 보리싹처럼 생긴 볏과식물의 새순을 잘라다주면 단체로 달려들어 토끼처럼 아삭아삭 잘도 씹어 먹는다. 개 풀 뜯어먹는 소리는 몰라도 확실히 고양이 풀 뜯어먹는 소리는 알겠다. 아삭아삭 사각사각 그 소리가 거실에 음악처럼 울려 퍼진다.

그동안 내가 보아온 바로는 길고양이들도 이 보리싹처럼 생긴 볏과식물을 가장 좋아한다. 흔히 고양이가 좋아한다는 '강아지풀'보다도 이걸 훨씬 더 좋아한다. 내 경험으로는 집안 화분에서 키운 캣글라스(귀리싹) 만큼이나 좋아한다. 화분에서 키우는 캣글라스의 공급은 한계가 있지만, 이 풀은 밖에만 나가면 지천이어서 겨울만 빼면 무한 공급할 수도 있다.

사실 이 풀은 랭보가 길고양이 시절에도 더러 먹던 풀이어서 자주 뜯어다주곤 했는데, 랭이도, 체와 루도 그렇게 잘 먹을 수가 없다. 한겨울에야 풀이 없어 어쩔 수가 없지만, 봄이 되면 가장 먼저 솟아나는 풀이 또 이 풀이어서 이른 봄부터 지금까지 거의 하루가 멀다 하고 이 풀을 뜯어다준다. 더구나 요즘에는 도랑가에도 논둑에도 밭둑에도 이 풀이 한창이어서 얼마든지 뜯어주어도 풀은 차고 넘친다. 풀만 오면 다들 정신없이 먹어대는 통에 아내와 나는 가끔 저 녀석들이 토끼가 아닌가 의심할 때도 있다.

도대체 저 녀석들 토끼야, 고양이야? 랭보는 그렇다 치고 풀맛이라고는 알 리 없는 체와 루마저 저렇게 풀을 좋아하는 걸 보면 고양이를 초식동물로 불러도 섭섭하진 않을 것 같다. 한번은 캔밥에다 이 풀의 새순을 잘게 잘라 섞어 비벼주었더니 다들 환장을 하고 먹었다. 풀이야 마당만 벗어나면 얼마든지 있으니 얘들아 풀 걱정은 말아라.

고양이의 피서법

 연일 계속되는 폭염에 고양이들은 죽
을 맛이다.

올해 첫 여름을 맞는 루와 체는

혹독한 여름 신고식을 치르고 있다.

거실에 선풍기라도 틀어놓으면 루는 그 앞이 시원하다는 것을
알고

가장 먼저 달려오곤 한다.

이 녀석들 지난봄까지만 해도 따뜻한 곳을 찾아

바닥에 껌처럼 붙어 있더니

이제는 시원한 곳을 찾아 나무 선반이나 책장 위에 올라가

대부분의 시간을 보낸다.

특히 거실에 폭넓게 자리한 책장 위는

고양이들이 가장 좋아하는 피서지다.

이런 찜통더위에는 축축한 바닥보다

아무래도 삼나무로 만든 책장 위가 훨씬 시원한 것이다.

게다가 몸에서 나는 땀까지 나무가 흡수하니 일거양득이다.

이래저래 녀석들은 하루의 절반 이상을 책장 위에서 보낸다.

원체 높은 곳을 좋아하는 녀석들이니 오죽할까.

심지어 녀석들은 책장 위에서 우다다에 싸움장난에 발라당까지 한다.

그 모습을 보고 있자면 떨어질까 아슬아슬하지만,

아랑곳없이 녀석들은 한참 곡예를 선보이다

어느새 정신줄 놓고 축 늘어져 낮잠을 잔다.

고양이 싸움에 손등 터진다

　　애당초 영역동물인 고양이는 싸울 수밖에 없는 운명을 타고났다. 이긴 고양이가 영역을 차지하는 승자독식의 세계. 먹이를 구하기 위해선 사냥꾼이 되어야 하고, 천적으로부터 살아남으려면 36계 줄행랑도 칠 줄 알아야 한다. 야생에서 혹은 길 위에서 그들의 하루하루는 그야말로 전쟁과도 같다. 그런데 먹이 걱정 천적 걱정도 없는 집고양이들은 왜 허구한 날 싸워대는 걸까? 아니라고요? 당신 집만 그렇다고요?

　　집고양이 세계에도 엄연히 서열싸움이 존재한다. 수컷끼리만 서열싸움을 하는 것이 아니라 암수도 서열싸움을 한다. 아무리 한정된 공간인 집안에 살아도 고양이는 영역본능 또한 남아 있다. 고양이는 집안 어디엔가 자기만의 공간을 두고 싶어 한다. 그 공간을 빼앗기 위해 싸움이 일어나기도 하는 것이다. 발정기에 접어들면 서로가 예민해져 쉽게 싸움으로 번질 때도 있다. 집안에서 고양이끼리 싸움이 나면 집사들은 우선 말리고 보는 경향이 있는데, 스읍~ 하면서 입으로 경고하거나 손뼉을 쳐서 주위를 환기시키는 것으로 싸움을 말려야지 무작정 뜯어말렸다간 손과 발이 스크래처가 될 수도 있다. 고양이 싸움에 집사 손등 터진다는 말은 그래서 생긴 것이다.

물론 아깽이 시절의 고양이는 싸움도 하나의 놀이이고 장난이니 별로 걱정 안 해도 된다. 체와 루도 어린 시절에는 하루의 대부분을 싸우면서 보냈다. 고양이도 싸우면서 큰다는 말을 실감하는 시기였다. 그런데 태어난 지 6개월이 넘은 체와 루는 요즘에도 투닥투닥 싸우곤 하는데, 이게 장난인지 장난이 아닌지 애매하기만 하다. 한번은 거실에서 두 녀석이 귀를 뒤로 젖히고 싸움놀이를 하는데, 그 표정이 하도 귀여워 가까이서 사진을 몇 컷 찍었더니 루가 '넌 뭐야, 카메라 안 치워?' 하면서 내 팔뚝에 길게 흠집을 냈다. 싸움을 뜯어말린 것도 아닌데, 공연히 앞에서 얼쩡거리다 피를 봤다. 고양이 싸움에 팔뚝 터질 수도 있다는 값진 교훈이었다.

당신에게
고양이

제4부

아기고양이 니코

우리 집 고양이가 다섯 마리로 늘었다. 랭보와 랭이, 루와 체에 이어 아기고양이 니코가 우리에게 왔다. 니코가 태어난 건 우리도 전혀 예상치 못한 일이었다. 지난 여름의 일이다. 아내가 만삭이 되면서 우리 가족은 물론 친척들까지도 우리가 고양이를 키우는 것에 대해 적잖이 못마땅하게 여겼다. 심지어 고양이를 내다버리라는 말까지 서슴지 않았다. 하지만 우리는 전혀 그럴 생각이 없었다. 다만 아내가 만삭이 되어 힘들어 하면서 나는 고양이에게 예전만큼의 신경을 쓸 수가 없었다.

초여름 루와 체에게 첫 발정이 왔지만 대수롭잖게 여겼다. 그런데 그게 화근이었다. 남매지간인 루와 체가 자꾸만 이상한 행동을 하려는 게 아닌가. 안 되겠다 싶어 나는 부랴부랴 집에서 가까운 동물병원을 찾았다. 우선 수컷인 체를 먼저 수술시켜야겠다 싶었다. 랭이와 랭보는 이미 수술을 했으므로 체를 수술시키면 루만 남게 되는 거였다. 체를 수술시키고 돌아와 일주일 넘게 집안 분위기는 엉망이 되었다. 루와 랭이는 수술한 체를 알아보지 못했고, 랭보조차 경계심을 드러냈다. 수술 후 열흘 정도가 지나서야 집안은 다시금 평화를 되찾았다. 그런데 루의 행동이 점점 이상해졌다. 평소보다 밥을 많이 먹는가 하면 은신박스에 들어가 있는 시간이 많아졌다. 배가 별로 나오지 않아 그것이 임신일 거라고는 전혀 생각지도 못했다. 그 무렵 아내는 출산예정일이 가까워졌다. 하지만 정작 아내의 출산예정일에 근접해 출산을 한 건 루였다.

어느 날 아침 만삭인 아내가 방안에 있는 나를 불러내는 거였다. 박스에서 무슨 소리가 난다나 어쨌다나. 박스 안을 들여다보자 루는 방금 새끼를 낳았는지 숨을 할딱거리며 탯줄을 핥아먹고 있었다. 딱 한 마리를 낳았다. 순간, 기쁨보다는 걱정이 앞섰다. 가뜩이나 출산이 늦어지고 있는 아내는 예정일보다 앞서 루의 아기가 태어났다며 잠시 원망도 했다. 무엇보다 남매지간인 체가 아빠라는 사실에 내 얼굴이 다 화끈거렸다. 동네 창피하게 이게 무슨 일이냐! 힘겨워하는 임신냥이 앞에서 나는 그렇게 중얼거렸다. 그래도 어쩌랴. 이미 태어난 생명을 미워할 수는 없지 않은가. 이래저래 나는 막 출산을 한 루를 보살피랴, 그동안 돌봐온 30여 마리 길고양이 밥을

챙기랴, 출산예정일을 지나고도 소식이 없는 아내를 수발하랴 정신이 없었다. 결정적으로 나는 고양이책 원고 마감까지 하는 중이었다. 그 정신없는 와중에 아내는 난산 끝에 수술을 통해 아들을 낳았다.

내가 일주일가량 병원에서 아내의 간병을 하는 동안 루(루는 육묘기간이 끝나고 니코가 완전히 성장했을 때, 니코와 함께 중성화수술을 받았다)가 낳은 니코는 무관심 속에서 병약하게 자랐다. 녀석은 체와 루가 아기고양이였을 때보다 훨씬 약했고, 늦되었으며 한 달이 되도록 잘 걷지도 못했다. 루는 그런 새끼를 두고 늘 싸돌아다니기 일쑤였다. 그러나 막상 걸음마를 시작하고 자묘용 사료를 먹기 시작하면서 녀석은 하루하루 상태가 좋아졌다. 걷자마자 뛰기 시작했으며, 며칠 만에 아기고양이용 사료 한 그릇을 다 비우고 할머니 접시까지 넘보았다. 시간이 지날수록 녀석은 장난꾸러기 짓을 서슴지 않았다. 거실의 벽지를 뜯는 것은 예사요, 컴퓨터 책상 밑으로 들어가 복잡한 전선줄을 입으로 깍깍 씹어대는 게 취미였다. 요 쥐방울만한 녀석을 잡아서 혼이라도 낼라치면 어느새 눈치를 채고 녀석은 은신박스로 줄행랑을 놓고 없다.

녀석은 털빛깔이나 생김새는 체를 닮았고, 장난을 좋아하는 것은 루를 닮았으며, 머리를 굴려 인과관계를 살피는 것은 랭보를 닮았고, 욕심이 많은 것은 랭이를 닮았다. 나처럼 단순한 집사에게는 가장 까다로운 고양이의 요건을 다 갖춘 셈이었다. 아내는 출산과

산후조리 등으로 니코에게 신경을 쓰지 못한 것을 뒤늦게 미안하게 생각했다. 그 점은 나도 마찬가지였다. 아내의 출산과 책 마감이 겹쳐 니코가 태어난 뒤 한 달이 되도록 그 흔한 사진조차 남기지 못했다.

태어난 지 달포가 되면서부터 니코는 우리집 네 마리 고양이가 한 달에 걸쳐 일으킬 사건과 사고를 하루 만에 다 저지르곤 했다. 어느 날엔 우리 아들 젖병 뚜껑을 가지고 드리블을 하더니 택배로 온 기저귀 포장에 발톱 자국을 다 내놓았다. 툭하면 물그릇을 엎지르고, 예쁘게 봉한 청첩장을 물어다 쓰레기통 앞에 버려놓았는가 하면, 캐나다에서 사온 인디언 토템폴의 날개를 멀찌감치 날려버렸다. 미니 솟대에 올려놓은 새의 몸통을 댕강 잘라놓았는가 하면, 책 끈이 달린 책이란 책은 다 거실에 꺼내놓고 독서 중이다. 내가 좀 혼을 내려고 큰소리를 치면 이 녀석 뭐라 뭐라 책에도 없는 말을 지껄인다.

'니코'라는 이름은 아내가 붙여준 것이다. 우리 부부가 예전부터 좋아했던 '니코스 카잔차키스'에서 '니코'를 빌려왔지만, 녀석에게 그런 신중함과 천재성은 없어 보인다. 아침에 눈을 뜨면 우리는 니코가 또 무슨 사고를 쳤을까만이 궁금해졌다. 아내의 만삭과 출산으로 소홀했던 날들에 대해 이 녀석 복수를 하고 있는 것일까? 아니면 미친 존재감으로 관심을 끌어보겠다는 속셈인가?

냥모나이트 클럽

　　　　　　　고양이들도 유행을 탄다. 계절마다 혹은 주변의 환경에 따라 유행하는 자세가 달라진다. 요즘 우리집에서 고양이들 사이에 유행하는 자세는 골뱅이 자세다. 애묘인들 사이에서는 이것을 냥모나이트라고 부른다. 나이트클럽은 아니지만 왠지 무허가 클럽 같기는 하다. 날이 추워져서 그런지 이 녀석들 단체로 냥모나이트가 되었다. 나름대로 고양이로서는 체온을 유지하기 위한 바람직한 자세이다. 그러나 다섯 마리가 한꺼번에 이 자세를 취할 때면 저절로 웃음이 난다.

　　어쩌면 저렇게 다들 약속이나 한 듯 같은 자세를 취할까. 누가 먼저랄 것도 없이 녀석들은 거실에서 가장 따뜻한 곳에 모여 골뱅이 취침을 한다. 이런 건 찍어둬야 해. 서둘러 카메라를 가져왔더니, 랭보만 혼자 일어나 그루밍을 하고 있는 거였다. 이튿날에도 녀석들이 똑같은 자세를 취하고 있기에 부리나케 카메라를 꺼내들었는데, 이번에는 니코 녀석이 깨어 자는 고양이 한 마리씩 그루밍 서비스를 하며 돌아다니는 거였다. 역시 고양이들의 가장 기묘한 순간은 언제나 카메라가 없을 때인 것이다.

참 묘한 것이 방바닥 온도가 1~2도만 달라져도 녀석들의 자세가 바뀐다는 것이다. 조금 더 보일러 온도를 높여서 거실 바닥이 찜질방처럼 따끈따끈해지면 이 녀석들의 공고한 대열도 순식간에 흩어져버린다. 냥모나이트 자세를 풀고 어느덧 대(大)자로 눕거나 여러 마리가 각기 다른 개성 있는 자세로 마구 뒤엉키는 것이다. 이때의 모습은 난삽함 그 자체다. 랭보가 니코를 베고, 체는 랭보를 베고, 루는 체의 등을 떠밀고, 니코는 랭보의 등을 밀치고. 가끔씩 랭이는 이런 난삽함이 싫다며 저만치 혼자 떨어져 독거노인처럼 웅크려 잘 때도 있다.

고양이는 묘생의 3분의 2를 잠으로 보낸다고 한다. 이건 생존이 절박한 길고양이들조차 예외가 없다. 먹고 사는 문제로 잠을 줄여야 하는 인간으로서는 여간 부러운 일이 아니다. 사실 내가 고양이들에게 가장 부러워하는 점도 바로 이거다. 먹고 사는 문제는 일단 자고 나서 생각하자는 저 느긋함. 그런데 좀 더 내막을 들여다보면 고양이의 수면 습관이 마냥 느긋하지만은 않다는 것을 알게 된다. 묘생의 3분의 2를 잠으로 보내는 것은 틀림없지만, 수면의 질은 딱히 나을 것도 없다.

상위 포식자들로부터 자신을 보호하기 위해 그들은 잠자는 시간을 잘게 나누어 토막잠을 잔다고 한다. 또한 자는 동안에도 경계를 게을리 하지 않는데, 실제로 자는 고양이의 털끝만 살짝 스쳐도 눈을 번쩍 뜨는 고양이가 대부분이다. 우리집 고양이는 그렇지 않다고요? 업어 가도 모를 정도로 깊은 잠을 잔다고요? 그렇다면 당신은 꽤나 신뢰받는 집사임에 틀림없다. 아니면 당신을 경계의 대상으로 여기지 않을 정도로 우습게 알거나.

여성고양이위원회

우리집 고양이들은 평상시 주로 같은 성별끼리 뭉치는 경향이 있다. 고양이를 여러 마리 키우는 다른 집 사들의 얘기를 들어봐도 고양이는 이성보다 동성끼리 친하게 지내는 경우가 대부분인 것 같다. 발정기에는 다른 이성에게 구애를 청하기도 하지만, 일상에서 같이 밥 먹고 잠자고 그루밍하는 건 동성일 때가 많다. 아내의 의견을 빌리자면 찜질방 가고 쇼핑하고 맛집을 찾아다닐 때 여자들끼리가 훨씬 즐겁다는 것이다. 백화점 쇼핑에 마지못해 따라온 남편들이나 남친들이 즐겁지 않은 것도 그 때문일까?

가만 보면 고양이는 성별에 따라 체형도 다르고 성격도 다른 것 같다. 당연히 호르몬의 영향으로 수컷의 몸집이나 머리가 훨씬 큰 편이다. 암컷이 관계지향적인데 반해 수컷은 다분히 권력지향적이다. 대부분의 수컷이 공격적인 이유도 그들만의 영역본능에서 비롯된 것이다(중성화수술을 하면 수컷의 공격성은 상당히 완화된다). 암컷의 관계지향성은 어쩌면 새끼를 핥아주고 보살피는 모성본능에서 온 것일 수 있다. 고양이의 행동을 연구하는 학자들에 따르면 먹을 게 풍부한 곳이라면 암컷은 여러 마리가 무리를 이루기도 하는 반면, 수컷은 그곳을 독점하기 위해 싸움을 불사한다는 것이다. 사람이나 고양이나 세상을 험악하게 만드는 것은 역시 수컷들이다.

대체로 우리집 고양이들도 그렇다. 랭이와 체는 비대하고, 랭보와 루, 니코는 상대적으로 날씬해서 성별이 확실히 구분된다. 날씬한 암컷들은 밥을 먹을 때에도 여러 번에 걸쳐 나누어 먹곤 하는데, 수컷들은 언제나 제 밥을 다 먹고도 기어이 암컷들의 밥까지 다 먹어치우곤 한다. 보다 못해 나는 두 개의 박스를 연결해 암컷들을 위한 간이식당을 만들어주었다. 당연히 금남구역(금수구역인가?)인 관계로 박스의 출입구를 작게 만들었다. 식사시간이 끝나면 나는 암컷들이 남긴 밥을 간이식당 안으로 넣어주었다. 암컷들은 만족했고, 불만에 가득찬 수컷들은 구멍 안으로 손을 집어넣어 남은 밥을 탐했으나, 그때마다 암컷들의 응징이 기다리고 있었다.

어차피 랭이의 체중이 8킬로그램을 넘기면서 다양한 채널을 통해 다이어트를 권고받은 바 있다. 체도 이에 못지않으니 주의가

요망된다. 이래저래 암컷들의 간이식당은 수컷들의 다이어트를 위해서도 나쁘지 않은 방법이다. 그런데 한 가지 부작용은 가끔씩 암컷 셋이 들어앉아 밥시간이 되어도 나오지 않고, 집사에게 "여기 사료 세 그릇 배달~" 하면서 주문하는 거였다. 이 공간은 종종 암컷들에게 다른 용도로도 사용되었다. 랭보와 루, 니코는 그렇지 않아도 자주 회합을 가지며 '여성고양이위원회'를 결성했는데, 그 회합 장소가 주로 간이식당 박스였다. 아내의 증언에 따르면 박스 안에서 안건을 놓고 옹알옹알 토론하는 소리가 거실까지 들리더라는 것이다.

다른 건 몰라도 박스 때문에 암컷들의 사이가 더 돈독해진 것만은 분명하다. 한번은 내가 사용하는 핸드폰 배터리 충전용 커넥터가 감쪽같이 사라진 적이 있다. 아침에도 사용한 커넥터가 스스로 사라질 리는 만무했다. 물증은 없지만 심증상 유력한 범인은 니코 아니면 루였다. 랭보는 좀처럼 물건을 건드리는 일이 없는 고양이이고, 랭이와 체는 줄곧 다른 방에 머물고 있었다. 나는 우선 유력한 범인으로 보이는 니코를 붙잡고 심문에 들어갔다. "네가 그런 것 다 알고 있다. 어디에 숨겼나? 어서 말하지 못해?" 하지만 니코는 계속해서 묵비권을 행사했다.

이번에는 루를 심문해야 하는데, 이 녀석의 모습이 보이지 않는 거였다. 역시 얌체 루는 눈치도 빨랐다. 성과도 없이 심문을 끝내고 거실에 나와 커피를 마시고 있자니 랭보가 식탁까지 올라와 야옹야옹거렸다. 아무래도 "애들 혼내지 말고 조용히 넘어 갑시다 좀!" 그런 내용 같았다. 잠시 후 혼을 낸 니코에게 화해를 신청하러 갔다가 난 '세상에 이런 일이'를 경험해버렸다. 사라졌던 커넥터가 거짓말처럼 다시 돌아와 있었던 거다. 그리고 그 앞에는 루가 떡하니 앉아서 가자미눈으로 나를 째려보았다. 그 눈빛은 마치 "찾아다 놓았으니 됐지? 더 이상 분위기 험악하게 만들지 마셔. 하여간 수컷들이란⋯⋯." 그렇게 말하는 것 같았다.

사고를 치기 위해 이 세상에 왔다

아기고양이 니코가 태어난 지도 벌써 5개월이 넘었다. 길에서 자라는 길고양이도 5개월이면 거의 중고양이가 될 나이지만, 니코는 여전히 아기고양이다. 몸집도 별로 크지 않고, 하는 짓도 철이 없다. 아주 어릴 때부터 니코는 어미 루를 닮아서인지 '까칠한' 냥이의 성격을 유감없이 보여주곤 했다. 내가 가슴에 잠시 안아보려고 녀석을 들어 올리면 녀석은 '이제 됐지' 하면서 금세 바닥으로 뛰어내린다. 까칠한 시골냥이. 그래서 녀석의 별명도 '까시냥'이다.

게다가 이 녀석 천하의 장난꾸러기에 사고뭉치다. 랭보와 랭이, 체와 루, 네 마리의 고양이가 그동안 쳤던 모든 사고보다 많은 사고를 니코 혼자 지난 5개월간 쳤다고 하면 믿을까! 녀석을 보고 있자면, 사고를 치기 위해 이 세상에 온 것만 같다. 니코의 특기는 벽지 뜯기, 취미는 물건 떨어뜨려 망가뜨리기. 취미 한번 고상하다. 과거 체가 한동안 벽지를 뜯어놓아서 나한테 서너 번 엉덩이를 맞았는데(이후 벽지 대신 나무만 보면 긁어놓는다), 니코에 비하면 체의 벽지 뜯기는 애교 수준에 불과하다. 아내와 내가 거실과 계단실의 벽지를 보고 있노라면, 이구동성 이런 말을 하곤 한다. "귀곡산장 같아~!" "귀신 나올 거 같아~!" "도배하는 집에서 묵은 벽지 뜯어드려요, 알바해도 되겠어!" "참 아름답다 아름다워!"

　사고는 여기에 그치지 않았다. 어쩌면 이 녀석 내가 소중하게 아끼는 기념품마다 골라서 사고를 치는지. 지난 번 캐나다 인디언 박물관에서 사온 '토템폴'을 떨어뜨려 날개를 망가뜨린 이야기는 전했고, 얼마 전에는 몽골에서 구해온 소중한 마두금(말머리 현악기)의 상징과도 같은 말머리를 똑 부러뜨려 놓았다. 제주도 옹기굴에서 어렵게 선물 받은 작은 옹기항아리도 이 녀석의 낙하 실험으로 못쓰게 되었다. 처음에는 벽지를 뜯을 때마다 녀석을 잡아서 혼도 내보았지만, 이 녀석 그 다음부터는 내가 보는 앞에서는 얌전을 떨다가 부재중일 때마다 벽지를 긁어 잔해물을 쌓아놓곤 하는 거다.

　심증은 확실하지만 물증이 없으니 혼을 내기도 그렇고, 귀곡산장이 되다보니 옆에 조금 더 찢어 논다고 표가 더 나는 것도 아니고 해서 지금은 거의 포기 상태다. 이 녀석 태어날 때 우리 부부가

썩 기꺼운 마음이 아니어서 그 복수를 지금 우리한테 하는 게 아니냐고 우린 녀석에게 변명거리도 만들어주면서 그냥 그렇게 녀석을 이해하고 산다. 결정적으로 사고를 쳤을지언정 내 앞에서 초롱초롱하고 매력적인 눈을 데굴데굴 굴리는 것을 보고 있노라면 녀석에게 차마 화를 낼 수가 없다.

그런데 참 희한한 것은 저도 아기고양이라고 다섯 마리 고양이 중에서 우리 아들에게 가장 관심을 보이는 녀석이 이 녀석이다. 아기방이 열리면(밤에 잘 때는 주로 닫아놓는다) 가장 먼저 이 방에 발을 들여놓고, 아들과 눈을 맞추는 녀석. 뭐 전반적으로는 우리집 고양이가 별로 우리 아들에 대해 관심이 없는 편이기는 하다. 반면에 아들 녀석은 이제 고양이가 눈에 들어오기 시작하는지 고양이가 점프해서 캣타워에만 올라가도 좋다고 꺄악 소리를 지르고, 그루밍만 해도 그저 헤벌쭉이다. 가끔 주변에서 아기가 태어났는데 아직도 고양이 키우느냐고 묻는 분들이 있다. 그럴 때마다 나는 당연하게 '그럼요' 하고 대답한다. 당연하지 않을 이유가 없는 것이다.

니코는 몸집이 작지만 '깡다구' 또한 장난이 아니어서 랭이에게도 함부로 덤비고, 체에게도 싸움을 걸고, 가끔 만만해 보이는 랭보를 괴롭히기도 한다. 그럴 때마다 랭보는 여성고양이위원회의 수장으로 내가 참는다며 자리를 피하곤 했다. 한번은 니코가 식탁 아래서 랭보를 공격하자 믿을 수 없는 광경이 펼쳐졌다. 까칠함의 원조, 루가 달려오더니 니코를 앞에 놓고 혼을 내는 거였다. "이런 버

르장머리 없는 녀석 같으니라고. 할머니한테 지금 대드는 거냐?"
꼭 그러는 것만 같았다.

나와 아들과 장모님이 그 장면을 적나라하게 목격했다. "루가
까칠하긴 해도 저런 면이 있단 말야!" 언제쯤 니코는 천방지축, 사
고다발, 방약무인, 완전얌체 짓을 멈출 것인지. 오늘은 또 어떤 사고
를 치려는 것인지. 한밤중에 또 우다다를 해서 간신히 잠든 아들의
잠을 깨우는 건 아닌지. 이 순간 니코의 발걸음이 또 슬금슬금 싱크
대로 향하고 있다.

촛불을 켜자 고양이 격한 반응

촛불을 켜자 우리집 고양이들이 격한 반응을 보였다. 얼마 전 저녁에 청국장을 끓여먹고 냄새가 빠지지 않아서 식탁에 잠시 촛불을 켜 두었더랬다. 그런데 촛불을 켜자마자 고양이들이 하나둘 촛불 주위로 몰려들었다. 가장 소심한 성격인 체만 멀찍이서 지켜보았고, 랭이는 안절부절 식탁 주위를 빙글빙글 돌았다. 랭보는 식탁의자로 올라와 촛불을 구경하고는 도로 내려가고 다시 올라왔다 또 내려가고를 반복했다.

가장 격렬한 반응을 보인 녀석들은 우리집에서 호기심이 가장 충만한 루와 니코였다. 두 녀석은 아예 식탁 위로 올라와 촛불 구경을 했다. 저희끼리 냥냥냥 뭐라 뭐라 대화를 하면서 신기함과 놀라

움이 뒤섞인 눈빛으로 촛불을 들여다보았다. 그것도 불구경이라고, 자못 재미지게 구경하는 거였다. 사실 랭보가 식탁까지 올라와 느긋하게 촛불 구경을 하지 못하는 데에는 촛불에 대한 안 좋은 기억 때문이다. 약 한 달 전, 식탁에 촛불을 켜둔 적이 있는데, 랭보가 호기심 가득한 눈으로 그것을 지켜보다가 일렁이는 촛불을 잡아보겠다고 앞발로 촛불을 꾹 눌러 껐다.

사단은 그 다음에 일어났다. 촛불은 꺼졌지만, 뜨거운 촛농이 랭보의 앞발에 묻어서 랭보는 태어나 가장 격하게 앞발을 떨었다. 랭보 앞발에 묻어 있던 촛농이 툭툭착착 식탁에 뿌려졌음은 말할 필요도 없다. 뜨거운 촛농에 앞발이 살짝 데인 것이다. 앞발을 한참이나 흔들어도 여전히 남아서 굳은 촛농은 랭보 발바닥에 붙어 있었다. 내가 어느 정도 떼어주긴 했으나, 랭보는 태어나 가장 오랜 동안 가장 심각하게 앞발 그루밍을 해야만 했다.

랭보만큼 치명적인 사건을 겪어보지 못한 루와 니코는 점점 호기심이 방만해져서 겁을 상실해가고 있었다. 두 녀석이 번갈아 촛불 구경을 하더니 결국 심지에 제대로 불이 붙으면서 촛불이 크게 일렁이자 녀석들의 마음도 덩달아 출렁였다. 먼저 행동에 나선 것은 니코다. 니코는 촛불을 꺼보려고 계속해서 심지를 향해 툭툭 앞발을 내리쳤다. 하지만 불길이 뜨거운지 번번이 촛불 앞에서 발길을 멈추었다. 보다 못한 루가 이번에는 행동에 나섰다. 녀석은 좀 더 숙련된 앞발질로 촛불을 끄려 했다. 하지만 녀석이라고 발바닥에

철판을 깐 것도 아니고, 루 또한 번번이 실패해서 촛농만 발톱에 묻히곤 했다.

오기가 발동한 루는 아예 본격적으로 촛불을 향해 앞발을 뻗었다. 그때였다. 슉 슉슉, 바람을 가르는 소리가 나더니 곧바로 으캭캭캭, 루의 비명이 울려 퍼졌다. 용감하게 촛불을 끄긴 했지만, 이렇게 뜨거운 경험은 처음이라면서 펄쩍펄쩍 뛰기까지 했다. 그나마 다행인 것은 촛농이 묻지 않고 털만 조금 그을린 것이다. 그럼 나는 왜 그걸 보고만 있었냐고? 말리지 그랬느냐고? 사실 난 녀석들이 노는 꼴이 너무 재미있어서 그래 끝까지 한번 가보자고 말리기는커녕 적극적으로 부추기기까지 했다. 그 결과 루의 앞발은 보기 좋게 촛불에 그을리고 말았다. 이 녀석들아! 이제 촛불의 위력을 알겠더냐.

벽지 뜯어드려요

　　　　　루와 니코의 벽지 뜯는 손길이 제법 비장하고 투쟁적이다. 이제 내가 보는 앞에서도 아랑곳없이 두 녀석은 오랜 기간 손발을 맞춘 듯 박자까지 딱딱 맞춰 벽지를 뜯었다. 벽지 뜯지 말라고 벽걸이 삼줄 스크래처에 골판지 스크래처를 닳기가 무섭게 교체해주곤 했지만, 녀석들은 괘념치 않고 그것은 그것대로 의미가 있고, 이것은 이것대로 재미가 있다고 느끼는 것 같았다.

　　루와 니코는 과거에도 계단실 벽지를 초토화시킨 적이 있어 요주의 냥이로 감시를 소홀히 하지 않았지만, 최근 새로운 벽지 뜯기 장소로 작업실까지 폭을 넓힌 것을 보고는 망연자실할 수밖에 없었다. 스크래처가 취향에 맞지 않아서일까? 처음 몇 번은 엉덩이도 때려보고 큰소리로 벽지를 뜯는 행동이 얼마나 잘못 되었으며, 이게 가정 경제에 미치는 심각한 영향에 대해 귀에 딱지가 앉도록 설명도 해보았지만, 그때뿐이었다.

고양이가 자꾸 벽지를 뜯는데 어떡하면 좋을까요? 여기저기 도움 요청을 할 때마다 똑같은 답변이 돌아오곤 했다. 벽에다 아예 벽걸이 스크래처를 걸고 캣닙을 살짝 뿌리면 좋아해요. 혹은 골판지 스크래처를 사주세요. 벽지와 느낌이 비슷해서 도움이 될 겁니다. 예, 제가 그렇게 해봤고, 실패했습니다. 차라리 방법은 없습니다. 벽지를 완전 제거하시고, 맨 벽에 페인트를 칠하세요, 가 가장 현실적인 대안이었다.

그래서 지금 우리집의 상태가 어떤지 궁금한가요? 작업실은 그야말로 귀곡산장이 되었다. 보다 못한 아내가 하루는 고양이들보다 더 과격하게 벽지를 뜯어내고, 정말로 페인트를 칠해버렸다. 뒤에서 루와 니코는 실눈을 뜨고 '지금 뭐 하는 짓이지?' 하면서 노려보았지만, 아내는 아랑곳없이 작업실에 페인트를 칠해 양호실처럼 만들어버렸다. 보기에도 인간적으로는 양호해졌습니다만, 고양이 적으로는 불만이 많은 듯하다. 벌써 루의 발톱에는 하얀 페인트가 묻어서 기분이 별로인 듯 다른 곳을 물색중이다.

얌전한 랭보와 말썽구러기 랭이도 벽지를 뜯는 문제에 있어서 만큼은 문제를 일으킨 적이 없다. 오로지 루와 니코만이 '벽지 뜯어

드려요' 알바생처럼 구는 것이다. 우리집에서 가장 얌전한 체는 벽지에는 별로 관심이 없다. 다만 이 녀석의 관심은 나무로 된 가구에 있다. 나무로 된 책상다리, 나무로 된 책장, 나무로 된 상, 나무로 된 의자, 나무 나무 나무만 보면 녀석은 발톱을 갈아댄다. 사실 벽지를 문제 삼아서 루와 니코가 문제가 되었지만, 가구를 문제 삼자면 가장 큰 문제는 체에게 있다.

길에서 우는 아깽이를 데려왔습니다

　　얼마 전, 아내와 모처럼 저녁산책을 나
갔다. 밤인데도 공기는 후덥지근해서 30분쯤 걸었더니 땀이 흐를
지경이었다. 이왕 나온 김에 군것질이나 하자고 큰길가 동네 마트
에 들러 얼음과자를 하나씩 물고 집으로 돌아오는 길이었다. 오는
길에 삼월이(자주 만나는 이웃의 마당고양이) 만나면 주려고 천하장
사 소시지도 세 개나 샀다. "무슨 소리 안 들려?" 아내가 뜬금없이
무슨 소리가 들린다는 거였다. "고양이가 울고 있나 봐!" 얼음과자
에 정신이 팔려 나는 아무 소리도 듣지 못했다. 그냥 외면하고 터벅
터벅 걸어가는데, 뒤에서 냐앙~ 냐앙 절박한 아기고양이 울음소리
가 들려왔다.

나와 아내는 소리가 나는 쪽으로 걸음을 되돌렸다. 집과 집 사이 풀숲에서 나는 소리였다. 엄마를 잃어버린 것인지, 배가 고픈 것인지. 그 소리가 너무 애절해서 나는 아기고양이를 불러보았다. "왜 우니? 이리 나와 봐!" 고양이가 나오란다고 나올 리 없겠지만, 이 녀석은 달랐다. 풀숲을 헤치며 녀석은 꼬물꼬물 기어 나왔다. 마침 고양이 주려고 산 소시지가 있어서 나는 녀석에게 껍질을 깐 소시지를 내밀었다. 녀석은 바로 앞까지 다가와 내가 내민 소시지를 넙죽넙죽 잘도 받아먹었다. "아기 노랑이야! 아이고 조막만하네." 콧잔등과 주둥이는 새카맣게 때가 묻어 있었다.

녀석은 도망갈 기력도 없는지 그 자리에서 내가 내민 소시지를 다 받아먹을 기세였다. 배가 어지간히 고팠던 모양이다. 내가 목덜미를 쓰다듬어도 가만있었다. "엄마를 잃은 게 아닐까? 데려가야 하는 거 아니야?" 아내는 우선 데려가서 먹여놓고 입양을 생각해 보자고 했다. 하지만 나는 어미가 찾을지도 모르니 소시지만 먹이고 그냥 가자고 했다. 그런데 이 녀석 소시지를 다 받아먹고도 그 자리에 앉아 빤히 내 눈을 올려다보았다. 마음이 약해지기 전에 일어나자고 벌떡 일어나 몇 걸음 걸어가는데, 뒤에서 또 애절하게 녀석이 냐앙거리며 따라왔다.

아내는 데려가자, 나는 안 된다 고양이를 앞에 두고 한참이나 옥신각신하는데, 이 녀석 빨리 결정을 해달라며 나와 눈을 맞추는 것이었다. 행색으로 보아 어미가 꽤 오랫동안 돌보지 않은 듯했고,

꽤 오래 굶은 듯 보였다. 지난 장마철에 무던히도 비를 맞았던 것도 같다. 결국 나는 녀석의 목덜미를 들어올렸다. 그런데 이 녀석 아무런 반항도 않고 얌전하게 네 발을 앞으로 모으고 있었다. 내가 가슴팍에 녀석을 안고 왼손으로 엉덩이를 받치고 걷는데도 발톱 한번 세우지 않는 거였다. 어쩌면 이 녀석 살기 위해 이 방법을 택했는지도 모르겠다. 만일 어미도 없고, 저렇게 며칠 더 굶는다면 무지개다리를 건널지도 모르는 일이었다.

그렇게 녀석을 안고 집으로 돌아왔다. 그런데 현관문을 열 때쯤 하늘에서 우르르 쾅쾅 우레가 치더니 소나기가 퍼붓기 시작했다. 이 녀석 비가 올 거라는 걸 알고 있었을까. 빗속에서 더는 고생하고 싶지 않았던 것일까. 녀석을 거실에 내려놓고 파우치와 물 한 그릇을 내밀자 이 녀석 파우치를 단숨에 해치우고 연신 물을 들이켰다. 어지간히 목이 말랐던 모양이다. 배가 빵빵할 정도까지 물을 마시고서야 녀석은 좀 살겠다는 듯 거실을 이리저리 둘러보았다. 이제 문제는 작업실에 있는 우리집 고양이들이었다(루와 니코가 거실 벽지를 하도 예쁘게 뜯어놓아 얼마 전 큰맘 먹고 거실 도배를 새로 했는데, 벽지가 마를 때까지 며칠 동안만 고양이를 작업실에 격리한 상태였다). 낯선 고양이를 무서워하는 녀석들이 가만있을 리가 없었다.

우선 아기고양이 목욕부터 시켜야 할 것 같아서 우리는 서둘러 녀석을 욕실로 데려갔다. 물 속에 풍덩 담가도 이 녀석 발톱 한번 세우지 않는다. 싫다고 기어 나오려고는 하지만 목욕하는 고양이치고 그렇게 얌전할 수가 없었다. 그런데 이건 뭐지? 목욕을 시키며 녀석의 몸을 찬찬히 살펴보니 몸에 쥐벼룩이 한두 마리가 아니었다. 목욕은 제쳐두고 한참을 쥐벼룩 잡기에 나서야 했다. 녀석도 그동안 가려웠는지 눈까지 지그시 감고 몸을 맡겼다. 벼룩을 잡아내느라 목욕시간은 한 시간을 훌쩍 넘겼다. 목욕과 쥐벼룩 퇴치가 다 끝나자 녀석은 내 발 밑에 누워 잠시 고롱고롱하더니 거실을 명랑하게 뛰어다녔다.

드디어 우리집 고양이에게 인사를 시킬 시간이 되었다. 녀석을 안고 작업실로 들어가자 랭보와 루, 니코가 먼저 다가와 아기고양이의 냄새를 맡는가 싶더니 랭이가 뒤에서 갑자기 하악을 날리며 으르렁거렸다. 덩달아 놀란 랭보와 루는 기겁을 하고 도망을 쳤다. 그래도 이 녀석 의연하게 방 구석구석을 둘러보는 거였다. 혹시 화장실에 가고 싶을지 모른다는 생각에 화장실에 넣어주자 곧바로 쉬를 하고 큰일까지 보았다. 가르쳐주지 않았는데도 스크래처를 찾아 발톱까지 갈았다.

이튿날에도 우리집 고양이들은 새로운 녀석에게 하악거리고 으르렁거렸다. 그러거나 말거나 이 녀석은 고양이방에서 작업실까지 구석구석 구경다니고 내가 컴퓨터 앞에 앉으면 책상으로 올라와 마우스를 움직이는 내 손을 가지고 장난도 치다가 어느 새 얌전하게 잠들곤 했다. 이렇게 사람을 잘 따르는 고양이는 처음 봤다. 성격도 좋아서 방금 전에 하악질을 한 니코가 낮잠을 자는 동안 몰래

세상 편함

다가가 꼬리 장난도 쳤다. 보아하니 이 녀석은 우리집 고양이와 한시라도 빨리 친해지고 싶은 모양이었다. 하지만 녀석 때문에 우리집 고양이들은 스트레스가 이만저만이 아니었다. 어차피 입양시키려고 데려온 녀석이니, 조금만 참아라 인석들아! 사실 우리집은 이미 고양이가 다섯 마리인 데다, 아직 돌이 안 된 사람 아기를 육아 중이어서 한 마리를 더 키울 수는 없었다. 그렇잖아도 어른들은 있는 고양이조차 못마땅하게 여기며 내보내라고 은근한 압박을 가하는 중이었다.

다행히 집으로 온 지 보름 만에 녀석은 입양처를 구했다. 서울에서 엄마와 초등학생 딸아이가 역전으로 녀석을 데리러 왔다. 마지막 날 녀석을 이동장에 집어넣자 녀석도 뭔가 낌새를 챘는지 살짝 시무룩해졌다. 하지만 새로운 집사인 초등학생 아이가 인사를 건네자 이 녀석 언제 그랬느냐는 듯 도로 명랑한 모드로 돌아왔다. 부디 가서 잘 살아라. 지금 같은 성격이라면 그 누구와도 잘 지낼 아이다. 집으로 돌아오는데 오랜만에 먹구름이 걷히고 해가 났다.

고양이가 집을 나갔어요

랭이가 집을 나갔다. 아차 하는 순간에 벌어진 일이었다. 집고양이들이 아침밥을 먹을 무렵, 문을 사이에 두고 테라스에서는 길고양이 '너굴이'(고등어무늬 고양이)가 아침밥을 기다리고 있었다. 하필이면 그때 길고양이 사료를 꺼내기 위해 문을 연 것이 실수였다. 랭이는 마치 문이 열리기를 기다렸다는 듯 순식간에 뛰쳐나갔다. 녀석이 노리는 건 너굴이였다. 그렇잖아도 랭이는 바깥 고양이들에게 사료 주는 것을 탐탁찮게 여겨왔고, 호시탐탐 녀석들을 노려오던 차였다.

랭이가 갑작스레 습격하자 너굴이는 뒷산으로 줄행랑을 쳤다. 랭이는 앞뒤 생각 없이 무턱대고 너굴이를 쫓아 뒷산으로 올라갔다. 하필이면 비가 억수같이 퍼붓는데, 랭이는 지가 무슨 추노꾼이라도 되는 양 너굴이를 뒤쫓았다. 순간 나도 우산을 쓸 여유도 없이 랭이를 부르며 뒷산으로 향했다. 내가 랭이를 뒤쫓아 산으로 올라갔을 때 녀석은 이미 중턱까지 올라가 사위를 두리번거리고 있었다. 그쯤에서 너굴이를 놓쳐버린 듯했다. 랭이는 잠시 멈춰 서서 오는 비를 다 맞으며 냐앙냐앙 울었다. 그제야 녀석은 자신이 너무 멀리까지 와버렸다는 사실을 알고 슬슬 두려움에 떠는 것 같았다.

나는 랭이와 3~4미터의 거리를 두고 녀석의 이름을 나지막이 불러보았다. 하지만 갑자기 낯선 공간에 떨어진 녀석은 이미 제정신이 아니었다. 나를 향해 하악거리며 슬금슬금 도망을 쳤다. 내가 몇 걸음 더 쫓아가자 녀석은 아예 본격적으로 도망을 쳐서 정상쪽으로 올라갔다. 이대로 쫓아갔다간 오히려 녀석을 더 자극할 것만 같아서 나는 일단 철수하기로 했다. 30분 넘게 산을 타며 추격전을 벌이고 집으로 와보니 넉살좋게 너굴이 녀석은 테라스에 와서 밥을 달라며 냐앙거렸다. 원인제공묘라는 생각에 녀석이 얄밉기도 했지만, 이 녀석을 찾아서 다시 랭이가 집으로 돌아올 수도 있다는 생각에 나는 군말 없이 녀석에게 사료를 한 접시 그득 내주었다.

그러고는 다시 우산을 쓰고 신발을 갈아 신고 본격적으로 수색에 나섰다. 녀석과 마지막으로 마주했던 중턱에서부터 녀석이 도망친 정상부 쪽으로 나는 천천히 올라가며 덤불이 보일 때마다 랭이 이름을 불러보았다. 뒷산 꼭대기까지 올라왔는데도 녀석의 모습은 보이지 않았다. 거기서 다시 나는 능선을 타고 공동묘지가 있는 곳까지 산행을 했다. 공동묘지에서 다시 마을로 내려오는 길을 따라 내려오며 은신처가 될 만한 모든 곳을 훑어보았지만, 랭이의 모습은 찾을 수가 없었다. 행방이 묘연했다. 집으로 돌아왔을까 집 주변을 또 여러 번 훑어보았지만 역시 소용이 없었다.

산을 타고 아예 반대쪽으로 내려간 것이 아닐까 염려되어 이번에는 차를 타고 산 너머 쪽 터널 인근을 찾아보았으나 역시 헛수고였다. 회사에 있는 아내에게 랭이의 가출을 알렸더니 아내는 거의 망연자실, 울기만 했다. 저녁에 퇴근한 아내는 자기가 직접 찾아보겠다며 한밤중에 플래시를 들고 집 주변을 맴돌았다. 하지만 역시 아무런 기척이 없었다. 오히려 낮보다 빗줄기는 굵어져 장대비가 쏟아졌다. 밖에 한 번도 나간 적이 없는 녀석이 이 빗속에서 무사하기나 할런지, 걱정스러운 밤이었다.

자다가도 몇 번이나 거실로 나와 테라스를 살펴보았다. 새벽에는 테라스에서 고양이끼리 싸우는 소리가 들려 자다 말고 일어나 한참이나 바깥을 떠돌았다. 이튿날 날이 밝자마자 나는 한 번 더 집 주변을 수색하고, 랭이가 올라간 산을 두 번이나 오르락내리락해 보았지만, 역시나였다. 장맛비는 그칠 줄 모르고 계속해서 내렸다. 혹시 몰라서 비닐에 담아온 화장실 모래와 녀석의 '감자'로 추정되는 변을 드문드문 뿌리면서 집으로 향했다. 이 냄새를 맡고 찾아오라고. 그러나 이렇게 장대비가 내리는데, 뿌려놓은 변과 모래가 그

냥 있을 리 만무했다. 마을의 골목과 빈집도 빠짐없이 둘러보았다. 아마도 이 모습을 누군가 유심히 지켜보았다면 무슨 '빈집털이범'으로 오해했을지도 모른다.

최후의 방법은 집고양이를 거실에 두고, 방 하나를 열어두는 것이었다. 집을 찾아온다면 자연스럽게 방으로 들어올 수 있도록 하기 위함이었다. 문고리에는 줄을 매달아 거실에서 잡아당기면 문이 닫히게끔 나름 머리도 썼다. 오전 수색을 마치고, 오후에는 거실에 머물며 랭이가 돌아오기를 기다렸다. 그러다 깜박 졸다가 깼다. 게슴한 눈으로 열린 방을 살펴보니 고양이 한 마리가 어슬렁거렸다. 그것도 고등어무늬인 것이 랭이처럼 보였다. 나는 서둘러 문고리에 매단 줄을 잡아당겼다. 됐다. 랭이를 구조했다는 생각에 심장이 벌렁거렸다. 랭이가 맞는지 확인하려고 방을 좀 더 자세히 들여다보니, 랭이가 왠지 이상했다. 꼬리도 짧은데다 줄무늬도 훨씬 선명한 녀석이 들어앉아 있었다. 어쩌다 한번씩 밥을 먹으러 오던 고등어 녀석이었다. 녀석은 방을 열어주기 무섭게 기겁을 하고 뛰쳐나갔다. 아, 이틀이나 잠을 설쳤더니 착시현상이 생긴 걸까. 조금 통통한 고등어는 다 랭이로 보이는 거다.

랭이가 집을 나간 지 4일째. 아내는 점점 불안해진다며, 밤에 또 저녁밥을 앞에 두고 한참을 울었다. 집 나간 고양이 때문에 정작 넋이 나간 건 아내였다. 이 녀석 나에게 혼날까 봐 두려워서 오지 못하는 걸까. 요즘에 밥 많이 먹는다고, 다이어트 좀 해야겠다고 구박을 해서일까. 아니면 내가 랭보와 차별을 한다고 서러움을 느낀 걸까. 갑자기 이런 저런 별별 생각이 다 들었다.

돌아와라 랭이야! 다시는 밥 많이 먹는다고 구박하지 않을게. 돌아와 준다면 네가 좋아하는 고양이 캔 매일매일 따줄 수 있다. 돌아와라 랭이야! 제발!

집나간 고양이 구조기

랭이가 집을 나간 지도 5일이 지났다. 주변에 찾아볼 곳은 다 찾아보았다. 바둑을 복기하듯 나는 랭이가 뛰쳐나간 첫날의 행방을 한 번 더 찬찬히 되밟았다. 비가 오는데 산을 헤매며 '랭이야 랭이야!'하고 다니는 미친놈을 보았다면 그게 바로 나다. 두어 시간이나 산을 수색하고 집으로 내려오는 길이었다. 산 초입에 원두막이 있어 우산을 내려놓고 잠시 쉬면서 혼잣말 하듯 '랭이 이 자식 어디로 간 거야?' 하는데, 어디선가 나지막하게 '냐앙' 하는 소리가 들렸다. 어라, 다시 랭이야 하고 부르자 모기만한 소리로 냐앙 하고 대답하는 거였다. 틀림없는 랭이였다.

녀석은 원두막 아래 장판으로 덮어놓은 나뭇더미 맨 끝에 앉아 있었다. 녀석이 뛰쳐나간 지 5일 만의 만남이었다. 하지만 녀석의 경계심은 여전했다. 내가 이름을 부르며 다가갈수록 녀석은 나뭇더미 속으로 점점 더 깊이 들어갔다. 배가 고플 것 같아 우선 집에서 사료를 가져와 나뭇더미 앞에 놓아두었는데도 녀석은 더미 속에서 나올 생각을 하지 않았다. 10미터 이상 멀찍이 물러나 지켜보자 그제야 엉금엉금 더미에서 나와 사료를 맛보았다. 녀석의 몰골은 생각보다 멀쩡했다. 어디서 지냈는지 털도 별로 젖지 않았고, 흙도 거의 묻지 않았다. 밥을 다 먹고 망설임 없이 나뭇더미 속으로 피신하는 것을 보니 그동안 이 녀석 저 더미 속에 은신해 온 것이 틀림없었다. 대답은 하면서도 더미 속에서 나오지 않으니 데려갈 도리가 없었다.

급한 마음에 고양이보호협회에 전화를 걸어 퀵으로 포획틀을 보내달라고 했다. 저녁이 다 돼 포획틀이 도착했고, 곧바로 나뭇더미 앞에 그것을 설치했다. 평소 녀석이 좋아하는 캔을 미끼로 삼았지만, 녀석은 좀처럼 나올 기미가 없었다. 한밤중 퇴근한 아내와 한 번 더 나뭇더미를 찾았지만, 포획틀은 텅 비어 있었다. 그래도 이 녀석 평소 나보다 아내를 더 좋아해서인지 아내가 이름을 부르자 꽤 힘찬 목소리로 대답을 했다. 그냥 대답만 할 뿐이었다. 비는 참 줄기차게 내렸다. 이렇게 장대비가 쏟아지는데 틀을 설치해놓고 갈 수는 없었다. 하는 수 없이 이튿날 새벽에 일어나 다시 틀을 설치하고 한 시간 간격으로 살피러 갔다. 하지만 이 녀석 늦은 밤까지 더미 속에서 미동도 하지 않았다.

　자정 무렵 틀을 회수하러 갈 때였다. 틀이 들썩거리며 타닥타닥 소리가 났다. 얼핏 살펴보니 고등어로 보이는 녀석이 틀을 빠져나오려고 용을 쓰고 있었다. 잡혔다. 서둘러 녀석을 방으로 옮기고 틀을 열었다. 안에서 고등어 한 마리가 튀어나오더니 창문으로 튀어오르고 사방으로 날뛰었다. 그런데 뭔가 이상했다. 불을 켜고 자세히 살펴보니 이 녀석 랭이가 아니었다. 처음 보는 산고양이가 잡힌 것이다. 넋이 나간 아내마저 이 상황이 웃긴지 한동안 키득거렸다. 누구신지 미안합니다. 문을 열어줄 테니 안녕히 가세요. 문을 열자 녀석은 으르렁 캬악, 으냥냥 내게 욕을 바가지로 퍼붓고는 밖으로 뛰쳐나갔다. 이건 무슨 시트콤도 아니고 나 참.

　다시 날이 밝았다. 마침 아내도 쉬는 날이어서 함께 구조대원으로 참여했다. 비는 일주일 내내 줄기차게도 내렸다. 이번에는 녀석이 가장 좋아하는 파우치를 들고 유혹해보기로 했다. 아내가 랭이 이름을 부르며 가져간 파우치를 바스락거리자 녀석이 고개를 내밀었다. 나뭇더미와 원두막까지는 약 2미터 정도. 길고양이의 경우 살짝 점프하면 닿을 거리였다. 그러나 랭이는 계속 울기만 하고 이쪽으로 건너올 생각을 하지 않았다. 그때 아내가 불현듯 나뭇더미와 원두막 사이에 다리를 놓아주자는 아이디어를 냈다. 가까운 곳에 폐자재가 있어 어렵지 않게 2미터가 넘는 송판을 구할 수 있었다. 드디어 가져온 송판으로 원두막과 나뭇더미 사이에 다리를

놓았다.

　아내가 옆에 있어서인지 랭이는 한결 안심하는 눈치였다. 송판 다리 위에 드문드문 먹이를 놓아두고 우리는 기다렸다. 녀석이 한발 한발 조심스럽게 다리를 건너기 시작했다. 그리고 중간쯤에 놓아둔 먹이를 먹으려는 순간 송판이 기우뚱하더니 랭이가 휘청거렸다. 하마터면 아래로 떨어질 뻔했다. 겁을 먹은 랭이는 도로 나무더미 쪽으로 건너가 야옹거렸다. 뒤로 한발 물러나 그 모습을 지켜보던 아내가 전면에 나서 송판이 움직이지 않도록 손으로 꽉 잡았다. "랭이야, 이제 건너와." 그 말을 알아들었는지 랭이가 다시 송판을 건너기 시작했다. 중간에 놓인 먹이를 남김없이 먹어치우면서 녀석은 한참 만에 송판 다리를 건넜다. 이제 포획틀로 들어가기만 하면 되는 거였다. 하지만 녀석은 틀에서 낯선 고양이 냄새라도 나는지 코를 킁킁거리며 도무지 들어갈 생각을 하지 않았다.

　보다 못한 아내가 랭이의 목덜미를 잡아 틀 안으로 집어넣었다. 희한하게도 녀석은 저항 없이 순순히 아내의 손길을 허락했다. 철커덕, 포획틀 고리를 내리고서야 우리는 '됐다' 하고 환호성을 질렀다. 일주일간의 구조 드라마가 막을 내리는 순간이었다. 녀석을 방에 풀어놓자 곧바로 녀석은 긴장을 풀고 밥그릇부터 찾았다. 그동안의 포한을 달래주고자 나는 사료에 캔을 하나 고스란히 부어서 비벼주었다. 순식간에 녀석은 한 그릇을 비워냈다. 문제는 남아 있던 고양이들이었다. 랭이를 들고 들어오자 집고양이들은 모르는

바깥 고양이를 데려온 줄 알고 혼비백산하더니 여기저기서 하악거
리고 으르렁거렸다. 어차피 예상했던 일이고, 이래저래 시간이 해
결해 줄 것이다.

　이제야 나는 긴장이 풀렸는지 피곤과 잠이 비처럼 쏟아졌다.
침대까지 걸어간 것은 기억이 나는데, 깨어보니 늦은 아침이었다.
고양이들은 밤새 서로의 정체를 확인했는지 예전의 모습을 되찾았
다. 밤새 랭보는 랭이에게 바깥의 모험담을 들려 달라 졸랐을지도
모르겠다. 허면 랭이는 또 랭보에게 멧돼지라도 사냥한 듯 허풍 섞
인 무용담을 늘어놓았으리라. 다른 건 몰라도 두려움에 떨면서 나

뭇더미에만 숨어 있었다고는 말하지 않았을 게다. 바깥세상이 얼마나 두렵고 비가 많이 오는지 알게 된 랭이는 이제 나한테도 제법 친한 척을 한다. 예전에는 아내 이외의 누구도 만지는 것을 허락하지 않더니 스스로 만져달라고 다가와 부비기까지 하는 거였다. 랭이가 이제 나에게까지 친하게 굴자 아내는 조금 섭섭한 눈치다. 랭이를 다시 찾고 눈물까지 글썽일 때는 언제고. '남들에게는 거칠지만 자기 여자에게만은 잘해주는 나쁜 남자 랭이' 콘셉트가 달라져 못내 아쉬운 모양이다.

고양이와 프레젠테이션을

고양이와 함께 살다 보면, 고양이를 위한 용품이 이렇게나 많았나 새삼 놀랄 때가 있다. 사료나 캔, 모래, 캣타워 정도까지는 기본 용품이라 치고 발톱갈이를 위한 스크래처만도 그 상품이 어마어마하게 많다. 고양이를 위한 장난감도 인간용 다음으로 많을 것이다. 깃털과 방울이 달린 고양이 낚싯대는 물론 어묵꼬치 모양의 막대꼬리, 쥐돌이, 깃털공, 방울공, 캣터널, 텐트, 두더지 놀이기구, 캣닙이 들어간 쿠션, 러닝머신, 고양이와 놀아주는 놀이앱도 등장했다. 고양이를 위한 간식과 기호품도 다양하다. 닭가슴살과 소시지, 수프, 파우치, 츄르, 스틱, 일명 고양이 환각제라 불리는 마타타비와 캣닙, 고양이 헤어볼 제거를 돕는 캣글라스까지 있다.

그런데 고양이용으로 만들어진 것이 아닌데, 고양이 장난감으로 팔리는 독특한 물건이 하나 있다. 주로 강연이나 프레젠테이션 때 화면을 가리키기 위해 만들어진 레이저 포인터가 그것이다. 힘들이지 않고 앉아서도 고양이와 놀아줄 수 있는 최고의 장난감이다. 배터리가 금방 닳는다는 점 빼고는 사용상 어려운 점도 없다. 그저 붉은 점이 잡힐 듯 말 듯 좌우로 살랑살랑 흔들며 위치만 바꿔주면 그만이다. 그게 뭐라고, 사냥 본능이 발동한 고양이는 붉은 점을 잡기 위해 정신없이 뛰어다닌다.

사실 내가 레이저 포인터를 구입한 데는 딱 한 가지 이유가 있었다. 랭이의 다이어트. 몸무게가 8킬로그램이 넘는 랭이는 동물병원에서조차 운동을 권유했다. 먹고 자는 게 일인 랭이에게 레이저 포인터는 최고의 운동기구나 다름없었다. 녀석은 이 잡히지 않는 붉은 점을 좇아 숨이 목에 찰 때까지 뛰어다녔다. 한참을 다다다 뛰어다니다가 잠시 좌탁 아래 들어가 숨을 할딱거리는 랭이를 보고 있자면, 이게 참 허망하기 짝이 없는 놀이라는 생각도 들었다. 이 허망함 때문에 어떤 사람은 고양이 정서에 좋지 않다고 주장하지만, 잡히지 않는 것을 잡으려는 인간의 욕망에 비하면 고양이의 욕망은 그저 순진하고 단순할 뿐이다. 고양이는 앞뒤 재지 않고 그 순간을 즐기는 것이다.

물론 인간처럼 인과관계를 살피는 랭보의 경우에는 레이저 포

인터를 허망함의 도구로 인식하고 있는 듯하다. 녀석은 랭이처럼 필사적이지도 않고, 순간의 즐거움도 별로 느끼지 못하고 있다. 녀석의 관심은 늘 붉은 점에 있는 것이 아니라 붉은 점이 나오는 '기계'에 있었다. 해서 내가 레이저 포인터를 흔들 때마다 녀석은 붉은 점을 따라가기보다 나에게 다가와 '기계'를 든 내 손을 툭툭 건드리곤 하였다.

　가끔 나는 이런 상상을 한다. 무대는 어떤 회사에서 레이저 포인터로 화면을 비추며 기획안을 발표하는 프레젠테이션 현장이다. 대리쯤 되어 보이는 사람이 긴장한 표정으로 레이저 포인터를 이용해 화면을 비추고 있고, 딱딱한 표정의 중역들은 팔짱을 낀 채 미간을 찌푸리고 있다. 그런데 갑자기 어디선가 고양이 한 마리가 발표회장에 난입, 화면을 가리키는 붉은 점을 향해 펄쩍펄쩍 뛰어오른다. 대리는 발표 중인 것을 까맣게 잊고 자기도 모르게 레이저 포인터로 고양이와 놀아주기 시작한다. 고양이는 한층 더 신이 나서 야옹야옹 붉은 점의 행방을 좇아 이리 뛰고 저리 뛴다. 그때 갑자기 정신을 차린 대리가 '아참, 내가 프레젠테이션 중이었지'하며 앞을 바라보는데, 중역들이 헤벌쭉 냥덕의 표정이 되어 너도 나도 주머니를 뒤지더니 소시지며 간식 같은 것을 꺼내 고양이에게 던져주는 거다. 심지어 어떤 중역은 넥타이를 풀더니 고양이 낚싯대처럼 그것을 흔들며 고양이보다 더 열심히 놀고 있는 거다. 이야기의 마지막은 화기애애하게 기획안이 통과되고, 고양이는 중역들의 추천으로 회장 비서실에 스카우트되어 온종일 꾸벅꾸벅 조는 업무를 성실히 수행하게 된다.

아참, 내가 지금 레이저 포인터를 흔드는 중이었지? 앞에 앉은 랭이 녀석이 지금 뭐하는 거냐며, 똑바로 비추라고 나를 노려보고 있었다. 알았어, 인석아! 그러다 눈에서 레이저 나오겠다.

263

집고양이와 길고양이의 관계

유럽이나 일본에는 이른바 외출고양이가 흔한 편이다. 집고양이의 산책을 돕기 위해 현관문 아래 만든 고양이 문도 영국에서 시작되었다. 그 고양이 문을 최초로 만든 장본인은 바로 우리가 과학자로만 알고 있는 뉴턴이다. 뉴턴은 타고난 애묘가였다. 그는 결혼도 하지 않고 죽을 때까지 고양이와 함께 살았다. 어느 날 그는 집고양이가 마음대로 집 안팎을 드나들게 할 수 없을까 고민하다 현관문 아래 고양이 문을 만들게 되었다. 그런데 당시 키우던 고양이가 암컷이었던 모양이다.

암컷이 새끼를 낳았는데, 뉴턴은 새로 태어난 아기고양이를 위해 고양이 문 옆에 작은 고양이 문을 또 하나 만들었다. 누구나 알

다시피 고양이 문은 하나만 있어도 어미와 새끼들이 번갈아 나가면 그만인 것이다. 이 두 개의 고양이 문 일화는 영국 전역으로 퍼져나갔는데, 주변의 친구들이 뉴턴을 놀릴 때 가장 많이 들추는 일화였다고 한다. "하하! 고양이 문이 두 개일 필요는 없잖아!" 그러나 난 뉴턴의 마음을 이해할 수 있을 것도 같다. 고양이에 눈이 멀면 과학적인 사고가 이루어지지 않는 법이다. 제 아무리 천재 과학자라 해도.

사설이 길었다. 동남아에서는 집과 야외를 자유자재로 드나드는 고양이를 흔하게 만날 수 있다. 이런 고양이들은 집고양이도 길고양이도 아닌 마당고양이에 가깝다. 사실 집고양이와 길고양이의 엄격한 구분은 우리나라의 특수한 환경이 한 몫을 했다. 길고양이에 대한 인식도 안 좋고, 학대와 냉대도 심한 우리나라에서 외출고양이나 마당고양이로 고양이를 키웠다가는 어떤 화가 미칠지 모르는 일이다. 이 때문에 고양이 커뮤니티에서조차 집고양이의 외출에 대해 곱지 않은 시선을 보내는 것은 물론 비난을 일삼는 게 사실이다. 충분히 이해를 하면서도 한편으로 씁쓸함을 감출 수가 없다. 비난의 화살은 고양이가 마음대로 외출할 수 없는 이 나라의 환경에 돌려야 맞는 것이므로.

집고양이가 된 랭보는 길고양이 출신이고, 랭이는 어미가 길고양이였다. 랭보는 3개월간 길에서 자랐고, 랭이는 일주일간 뜻하지 않게 길 생활을 했다. 둘 다 길 생활이 얼마나 혹독한지 경험한 고

양이들이다. 그럼에도 두 녀석은 우리집을 찾는 길고양이에 대한 시선이 곱지 않다. 가끔은 '중립지대'(?)에서 종종 분쟁도 일어난다. 길고양이는 급식소가 있는 이곳이 자신의 영역이라 여기고, 집고양이는 실거주자인 자신들이 이곳의 주인이라 생각하는 것이다. 분쟁은 바로 거기에서 비롯되었다. 이건 마치 토지의 소유자와 주택의 소유자가 달라서 소유자간 분쟁이 첨예하게 대립한 경우와 같다.

집사와 캣대디 역할을 동시에 수행하고 있는 나는 어느 한쪽의 손을 들어줄 수가 없었다. 길고양이는 길고양이대로 측은하고 집고양이는 집고양이대로 안쓰러운 존재가 아닌가. 그러니 양측이 소송까지 갈 필요 없이 원만하게 해결되기만 바랄 뿐이지만, 언제나 이 문제가 원만하지 않다는 것이 문제인 것이다. 랭보가 처음 시골로 영역을 옮기고 얼마 뒤 이런 일도 있었다. 우리 집을 찾는 바람이(노랑이)란 왕초고양이와 한바탕 싸움이 붙은 것이다. 주방으로 커피를 타러 간 사이 사건은 벌어졌다. 작업실 방충망(중립지대)을 사이에 두고 두 녀석이 몇 차례 주먹을 주고받은 모양이다. 어차피 방충망이 안전망이 되어주어 유혈사태는 일어나지 않았지만, 내가 작업실에 이르렀을 때 랭보는 창가에서, 바람이는 테라스에서 서로 씩씩거리고 있었다.

랭보는 테라스에 올라와 자주 집사를 불러대는 고양이가 못마땅했고, 바람이는 집안에서 공주처럼 사는 고양이가 질투가 났던 모양이다(어디까지나 이건 내 생각이다). 어쩌면 서로가 서로를 부러

워했는지도 모르겠다. 반면 뒤늦게 이 집에 온 랭이는 바람이에 대해 별다른 불만이 없어 보였다. 랭이는 어쩌다 바람이가 테라스에 던져주고 간 새 선물을 보며 군침을 흘리는 게 전부였다. 그런데 이상하게도 바람이가 고양이별로 떠난 뒤 우리집을 찾게 된 너굴이(고등어)란 녀석과 랭이는 사이가 안 좋았다. 너굴이가 테라스에 올라와 밥을 먹을 때마다 랭이는 야르릉거리며 이를 갈았다. 랭이가 일주일간 길 생활을 하게 된 까닭도 빌미는 너굴이가 제공했다. 가뜩이나 벼르고 있었는데, 사료를 꺼내기 위해 내가 문을 열자 랭이가 기다렸다는 듯 밖으로 뛰쳐나가 너굴이를 쫓기 시작한 것이다. 랭이 녀석 호기롭게 뛰쳐나가긴 했으나 집도 못 찾아 일주일 만에 내가 겨우 은신처를 찾아내 집으로 데려왔다.

고양이끼리도 서로 궁합이란 게 있는 걸까. 랭보도 랭이도 우리집 단골이었던 몽당이(삼색이)와 몽롱이(턱시도)와는 사이가 나쁘지 않았다. 바람이의 뒤를 이어 왕초고양이로 등극한 '조로'(턱시도)라는 고양이와도 별다른 분쟁이 없었다. 우리가 '꼬맹이'라고 부르던 노랑이와는 방충망을 사이에 두고 장난을 치기도 했다. 그런데 또 턱수염(턱시도)이라는 고양이와 랭보는 이상하게 사이가 안 좋았다. 턱수염이 밥을 먹으러 테라스에 올라올 때마다 랭보는 하악질을 하며 안절부절 창가를 서성이곤 했다. 반면 한번 나갔다가 곤욕을 치른 랭이는 이후 바깥에 어떤 고양이가 오든 아예 관심 밖이었다. 난 몰라, 밥을 먹고 가든 네 맘대로 해. 딱 그 짝이었다.

포기하지 말아요

누군가 내게 물었다.

"어쩌다 고양이 작가가 되셨나요?"

나는 잠시 망설였다.

"어쩌다보니 그렇게 되었습니다."

그러자 그가 다시 내게 물었다.

"인연이나 운명, 뭐 그런 건가요?"

그럴 수도 있다.

충분히 그럴 수도 있겠다.

"고양이와 함께 살다 보니 자연스럽게 여기까지 온 거 같습니
다."

때로 고양이와 함께 산다는 것이 운명을 바꿔놓는 일임에는 틀림없다.

그렇다고 해서 아무에게나 고양이를 권하고 싶은 생각은 없다.

처음 집으로 데려온 아기고양이와 사랑에 빠진 집사들조차 그 사랑을 다하지 못하고 포기하는 경우가 많기 때문이다.

엄격히 말해 포기가 아니라 유기겠지만······.

누구나 저마다의 어려운 사정이 있다.

누구에게나 포기하고 싶은 순간이 있다.

반려동물이란 그럼에도 불구하고 함께 하는 것이다.

혹시라도 지금 다른 생각을 품은 사람이 있다면, 나는 말해주고 싶다.

"어떤 경우에든 우리 포기하지 말아요."

당신에게
고양이

제5부

고양이 임시 보호소

살다 보면 뜻대로 되지 않는 게 인생이고, 묘생이다. 랭보가 집으로 따라왔을 때만 해도 내가 다섯 마리 고양이와 함께 살게 될 거라고는 생각해 본 적이 없다. 아내가 출산을 한 뒤 1년간은 육아에, 책 마감에, 다섯 마리 고양이 시중을 드느라 그야말로 정신이 없었다. 첫돌 넘긴 아들을 처가에서 양육하기로 하면서 육아의 짐은 덜었으나, 집사의 역할에는 변함이 없었다. 사실 당시만 해도 밥 배달을 하는 바깥의 길고양이만 해도 수십 마리가 넘어 감당하기 벅찬 부분도 없지 않았다.

그런 어느 날 퇴근한 아내와 산책을 나갔다가 우연히 세 마리 아기고양이를 품에 안은 라이더를 만나게 되었다. 그의 말에 따르면 차가 쌩쌩 달리는 대로변에서 이 아깽이들이 오도 가도 못하고 울고 있기에 무작정 구조해 왔다고 한다. 그리고 녀석들을 맡길 데가 없어 구조장소에서 가장 가까운 역에 맡기려고 데려왔다는 것이다. 내가 보기에 그건 좋은 생각이 아닌 것 같았다. 역장은 고양이에게 우호적인 사람도 아니었고, 그렇게 맡겨봤자 금세 버려질 게 뻔해 보였다. 결국 우리 부부는 세 마리 아기고양이를 품에 안고 집으로 돌아왔다. 차라리 임시로 보호했다가 입양을 보내는 게 낫다고 생각했기 때문이다.

오디(고등어), 앵두(삼색이), 살구(노랑이)로 이름붙인 고양이는 그렇게 우리 집으로 왔다. 세 마리 아깽이를 데리고 들어오는 내 모습을 본 랭보는 "아, 짜증나! 또 데리고 왔냐?" 하는 눈빛이었고, 랭이는 "내 밥 축내기만 해봐!" 하면서 경계하는 눈빛을 보냈다. 루는 "집안에도 지금 다섯 마리 고양이가 있다고. 이 철딱서니 양반아!" 하면서 살짝 걱정하는 눈빛이었으며, 체는 "무서워. 아 나는 저 생각 없이 기어오르는 것들이 가장 무서워!" 하는 두려움 가득한 눈빛이었다. 니코는 못마땅한 눈빛과 질투의 눈빛을 동시에 보냈는데, 녀석은 이렇게 말하고 있었다. "이 집에서 가장 어리고 가장 귀여운 존재는 나 하나로 충분해. 이 집에서 나보다 어린 것들은 꺼져!"

세 마리 아깽이를 대하는 다섯 마리 집냥이의 시선은 각기 달랐다. 그중에서도 니코의 못마땅한 시선은 확연히 느껴졌다. 세 마리를 데려온 나를 대하는 니코의 눈빛도 싸늘하게 변한 것이다. 어

쨌든 아깽이들은 집냥이의 환영은커녕 시샘과 냉대만이 가득했다. 아랑곳없이 아깽이들은 내가 마련해준 커다란 박스를 아지트 삼아 조금씩 영역을 넓혀갔다. 상대가 싫어하든 말든 아깽이들은 큰고양이들에게 달려들어 애교를 부렸다. 하지만 그럴 때마다 돌아오는 건 텃세와 하악뿐이었다.

세 마리 아깽이에겐 하루에도 대여섯 번 분유를 먹이고, 배변을 유도하고, 딸랑이로 놀아주는 내가 '엄마'나 다름없었다. 녀석들은 주변에 내가 나타나면 최대한 전력질주로 달려와 발바닥에서 무릎, 무릎에서 가슴으로 순식간에 클라이밍을 해 올라왔다. 내 손에 분유가 들려져 있을 때를 제외하면 녀석들은 나를 우다다 트랙이나 캣타워 쯤으로 여겼다. 사실 나는 이 녀석들의 수유가 끝나는 한 달 정도의 시간이 지나 입양을 보낼 생각이었다. 그런데 수유가 끝나갈 무렵 시골에 있는 처가에서 데리고 내려오라는 연락을 받았다. 시골에서 친구 없이 자라는 아들에게 고양이들이 좋은 친구가 되어주지 않겠느냐는 거였다. 결국 녀석들이 집에 온 지 달포쯤 되어 세 마리 아깽이는 처가로 입양이 되었다.

그리고 1년 뒤, 또 한 마리의 아깽이가 우리집을 거쳐 갔다. 앙고라는 고양이였다. 이 녀석을 만난 것도 산책길에서였다. 고양이 우는 소리가 들려 자세를 낮추고 앉았더니 나무 아래서 조막만 한 아깽이 한 마리가 기어나왔다. 녀석은 내가 손을 내밀기가 무섭게 나의 품에 안기더니 내려갈 생각이 없었다. 근처에서 만난 한 아주머니의 전언에 따르면 이 녀석이 어제부터 자기 집 앞에서 울더란 다. 그렇게 이틀을 꼬박. 어미에게 무슨 변고가 생긴 게 틀림없었다. 결국 우리의 산책은 무산되었고, 나는 녀석을 가슴에 안고 집으로 돌아왔다.

이번에는 아깽이만 데려오면 스트레스를 받는 집냥이들을 배려해 거주공간을 서로 격리해 주었다. 그럼에도 집냥이들은 한동안 불안한 눈빛을 감추지 못했다. 조막만 한 아깽이가 무슨 위협이 된다고, 저렇게 경계하는 것인지. 이번에도 나는 분유를 먹여 키운 다음, 입양을 보낼 생각이었다. 하지만 이 녀석 역시 처가에서 떠맡기로 했다. 때마침 1년 전 임보했던 앵두가 육아 중이었는데, 앵두에게 한번 맡겨보자는 것이었다. 속는 셈 치고 나는 앙고를 앵두에게 임보하기로 했다. 결론은 내가 분유를 먹일 때보다 훨씬 자주 앵두는 젖을 먹였고, 자기가 낳은 새끼들과 차별 없이 앙고를 키워주었다. 그렇게 앙고도 처가 고양이의 일원이 된 것이다.

사실 앙고 구조 이후 우리 부부는 다짐한 것이 있다. 혹여라도 산책길에 아깽이 우는 소리가 들려도 한쪽 귀로 듣고 한쪽 귀로 흘려보내자는 것. '아깽이 보기를 돌 같이 하자'는 것. 막상 닥치면 그게 잘 안되지만, 얼마 전에는 실제로 아깽이 우는 소리에 두 손으로 귀를 막고 지나친 적도 있다. 나무아미타불 냥세음보살~!

별이 된 랭이

어느 여름, 종일 비가 오는 날이었다. 아내는 독서에 빠져 있었고, 나는 사진을 정리하며 시간을 보내고 있었다. 평소와 다름없이 옆방에서는 고양이들의 우다다 소리가 시끄럽게 들려왔다. 누구나 그렇겠지만, 집사 8년차쯤 내공이 쌓이면 이 정도 우다다 소리에는 별다른 반응을 보이지 않는다. 그런데 이번엔 좀더 심하게 우다다가 아니라 우당탕하는 소리가 들렸다. 그리고 잠시 후 고양이 우는 소리가 길게 들렸다. 평소와는 다른 고양이 울음이었다. 만사를 제쳐두고 옆방으로 달려갔다. 랭이가 놀란 눈을 데굴데굴 굴리며 방바닥에 앉아 있었다. 가까이 다가가자 녀석은 오히려 하악거리며 나의 접근을 허락하지 않았다. 겉보기에는 녀석이 울어야 할 아무런 이유가 없었다.

상황을 대수롭잖게 여기고 방을 나가려던 참이었다. 앉아 있는 랭이의 움직임이 아무래도 이상해 보였다. 자세히 보니 녀석은 뒷발을 전혀 움직이지 못하고 있었다. 하반신 마비라도 온 것일까. 숨도 가쁘게 몰아쉬고 있었다. 그제야 나는 상황이 심각하다는 것을 깨달았다. 부랴부랴 이동장을 찾아와 랭이에게 다가갔다. 그런데 녀석은 여전히 내가 가까이 오는 것을 온몸으로 거부했다. 심지어 녀석은 이동장을 내려놓는 동안 있는 힘껏 내 발을 물었다. 겨울용 실내화를 신고 있었지만, 녀석의 이빨은 가죽을 뚫고 내 발등에 박혔다. 난 그대로 잠시 움직일 수가 없었다.

잠시의 고통이 끝나자 녀석은 제풀에 스르르 이빨을 풀고, 이동장으로 자진해 들어갔다. 내 발등을 힘껏 무는 것으로 녀석은 자신의 고통스러움을 표현한 것이다. 길게 내뱉던 랭이의 울음은 이제 단말마의 비명처럼 허망하게 잦아들었다. 아내와 나는 랭이를 차에 태우고 비오는 국도를 달렸다. 가는 동안 아내는 눈시울이 붉어져 있었고, 이따금 훌쩍거렸다. 집에 모두 다섯 마리의 고양이가 있지만, 랭이는 아내와 가장 각별한 사이였다. 랭이가 맨 처음 우리집에 왔을 때 며칠 동안 구석이란 구석은 다 찾아다니며 숨어 지내다 어느 날 자고 있던 자신의 품에 안겼다는 이유로 아내는 랭이를 노골적으로 편애하곤 했었다. 그런 아내에게 나는 혹시 마지막일지 모르니 '마지막 인사'를 나누라는 말을 했다.

시골이긴 해도 차로 20~30분 거리에 동물병원이 있긴 했다. 병원에 도착하자마자 의사 선생님을 불렀다. 겉으로 보기에는 랭이의 상태가 나쁘지 않았다. 하지만 녀석은 색색거리며 고통스럽게 숨을 몰아쉬고 있었다. 진정제를 맞고, 한참이나 랭이의 상태를 체크하던 선생님은 랭이가 아무래도 급성 폐출혈인 것 같다고 했다. 아마도 랭이는 방에 있는 몇 개의 선반 중 한 곳에서 떨어진 것으로 추정된다. 실족을 한 것일 수도 있겠고, 다른 고양이들과 우다다 장난을 치다 그랬을 수도 있을 테고, 자주 서열 싸움을 벌이던 '루'와 선반을 오가며 싸우다 떨어진 것일 수도 있다. 체중이 많이 나가는 것도 사고를 막지 못한 이유가 되었을지도 모르겠다. 시간을 돌려본들 어차피 상황을 되돌릴 수는 없는 것이다.

의사 선생님은 급한 대로 수술을 하는 것이 좋겠다고 말했다. 그러나 랭이를 수술대에 내려놓자마자 녀석은 눈을 껌벅이며 그러지 말라고 했다. 이제 가야 할 때가 되었다고. 녀석은 이미 의식을 잃어가고 있었다. 랭이는 마지막으로 짧은 숨을 내쉬었다. 나 또한 희미해져가는 랭이의 눈동자에 마지막 인사를 건넸다. 잘 가. 랭이야, 고통 없는 곳에서 이제 맘껏 뛰어 놀거라. 아내는 차마 랭이의 마지막 모습을 지켜볼 용기가 나지 않았는지, 내내 비오는 창밖만 바라보았다. 창밖을 보며 그녀가 울고 있었다는 것을 나는 안다.

그렇게 랭이는 고양이별로 떠났다. 아무런 마음의 준비도 없었던 우리는 그저 황망하고 막막했다. 어쩔 수 없는 일은 어쩔 수 없

이 찾아온다. 랭이와는 7년 반 넘게 함께 살았다. 처음 임보로 우리 집에 왔다가 눌러앉아 오늘까지. 함께 사는 동안 녀석이 행복했는지는 알 수가 없다. 다만 녀석 때문에 우리가 좀 더 웃고, 좀 더 행복했다는 것만은 틀림이 없다. 숨이 멎은 녀석을 다시 차에 태우고 우리는 집으로 돌아왔다. 남은 고양이들에게 마지막 인사라도 시켜야지. 고양이들이 겁먹은 눈으로 다가와 한 마리씩 랭이를 들여다보았다. 미운 정 고운 정 다 든 랭보는 가장 오래 녀석을 조문했다.

밖에는 여전히 비가 내리고 있었다.

그러나 시인들은 고양이를 사랑한다

 오래 전 릴케는 우리에게 뜬금없는 질문을 하나 던졌다. "인간이 단 한번이라도 고양이 세계 속에 살았던 적이 있었던가?" 그 역시 답을 구하기 위한 목적은 아니었다. 다만 인간의 세계가 존재하듯 고양이 세계가 존재한다는 엄연한 사실에 밑줄을 그었던 거다. 그는 애묘인들에게도 잘 알려진 "인생에 고양이를 더하면 그 합은 무한대가 된다."라는 명언도 남겼다. 릴케의 물음에 화답이라도 하듯 사라 키르쉬는 "그러나 시인들은 고양이를 사랑한다."고 말했다. 시인이나 예술가들이 고양이를 사랑한다는 건 유럽에서는 새삼스러운 일도 아니다. 말이 나왔으니 말이지 릴케와 사라 키르쉬 말고도 보들레르, T.S 엘리어트, 하인리히 하이

네, 애드가 앨런 포, 찰스 부코스키도 고양이에 탐닉한 시인으로 알려져 있다.

예부터 시인이나 작가라는 족속은 고양이가 문학적인 영감을 가져다준다고 공공연히 떠벌리곤 했다(물론 우리나라는 예외다). 심지어 프랑스의 소설가 피에르 로티는 자신이 글을 쓰고 있을 때, 고양이가 마음에 들지 않는 문장을 발로 차서 지워버렸다고 뻔뻔한 주장을 내세웠다. 영국의 작가 사무엘 존슨은 서재에서 함께 시간을 보내는 고양이를 위해 매일같이 시장에 나가 굴을 사다 먹였다고 한다. 하인을 두고 있었음에도 손수 그가 굴을 사러 간 이유는 혹시라도 굴 심부름 때문에 하인들이 고양이를 싫어하지 않을까 염려했기 때문이다.

마크 트웨인은 고양이에 대한 명언을 많이 남긴 것으로 유명하다. 가령 이런 것들이다. "만약 인간을 고양이와 교미시킨다면 인간은 더욱 개선되겠지만, 고양이는 더욱 악화될 것이다.", "신의 모든 창조물 중 노예로 만들 수 없는 것이 딱 하나 있다. 그것은 바로 고양이다.", "만약 동물이 말을 할 수 있다면 개는 서투르게 무슨 말이든 할 것이다. 하지만 고양이는 우아하게 말을 아낄 것이다." 마크 트웨인은 명언을 많이 남긴 만큼 고양이도 많이 키웠는데, 알려진 바로는 스무 마리에 가까웠다고 한다. 어니스트 헤밍웨이도 꽤 많은 고양이를 키웠다고 하는데, 특히 이웃에서 선물로 받은 육손 고양이(이름은 스노 화이트, 다지증 고양이)를 사랑했다고 한다. 지금도

플로리다 키 웨스트에 있는 헤밍웨이 생가에는 그의 첫 육손 고양이였던 스노 화이트의 후손 수십 마리가 남아 있다고 한다.

『멋진 신세계』의 작가 올더스 헉슬리는 작가가 되고 싶다며 찾아온 청년에게 이런 충고를 덧붙였다고. "소설을 쓰고 싶은가. 그렇다면 고양이를 키우게나!" 어쨌거나 그들의 옆에 하나같이 고양이가 있었음은 부정할 수 없는 사실이다. 고양이를 전면에 등장시킴으로써 널리 사랑받은 작품도 적지 않다. 전 세계적으로 유명해진 동화 『장화 신은 고양이』와 『이상한 나라의 엘리스』는 유럽의 고양이에 대한 인식을 '사랑스러운 존재'로 바꿔놓았으며, 나쓰메 소세키의 『나는 고양이로소이다』는 잡지 발표와 동시에 열광적인 반응을 얻어 이후 최고의 스테디셀러로 등극하였다. 테네시 윌리엄스의 『뜨거운 양철지붕 위의 고양이』도 제목만큼이나 뜨거운 사랑을 받았고, 엘리어트가 고양이에 대한 시를 따로 모아 출간한 『지혜로운 고양이가 되기 위한 지침서(여기에는 온화한 아줌마 고양이, 해적 고양이, 두목 고양이, 마법 고양이, 철도 고양이 등 다양한 고양이가 등장한다)』는 나중에 세상을 떠들썩하게 만든 뮤지컬 『캣츠』의 원작이 되기도 했다.

애드가 앨런 포를 유명하게 만든 것 또한 그의 소설 속에 등장하는 검은 고양이였다. 『검은 고양이』에 짙게 깔린 음산한 분위기와 달리 애드가 앨런 포는 고양이를 아주 좋아한 작가로 유명하다. 실제로 그는 검은 고양이와 노랑 고양이를 키운 것으로 알려져 있다. 대개의 경우 작품 속 고양이의 등장은 고양이와 작가의 관계에서 비롯된 것이다. 설령 고양이에게 나쁜 역할을 맡겼더라도 작가의 현실은 결코 고양이와 나쁜 적이 없다. 그들에게 나쁜 건 고양이를 괴롭히는 작품 밖의 현실이었다.

언젠가 「고양이가 돌아오는 저녁」이란 시를 쓴 송찬호 시인을 술자리에서 만난 적이 있다. 「고양이가 돌아오는 저녁」은 개인적으로도 무척 좋아하는 시여서 한번은 SNS에 이 시를 올린 적이 있는데, 애묘인들의 반응이 정말 뜨거웠던 기억이 난다. 그는 딱히 캣대디나 집사는 아니었지만, 집에 드나드는 고양이에겐 손님 대접을 한다고 했다. 그러고 보니 내가 어렸을 때 우리 어머니도 그랬던 것 같다. 고양이가 오면 마루 밑에 대충 된장국에 밥을 말아서 고양이 밥을 내놓곤 했었다. 사료가 아니어도 이런 마음만 있으면 된다. 멀리서 고양이가 우는 저녁에 나는 나직이 「고양이가 돌아오는 저녁」의 마지막 구절을 읊조려보았다.

나는 처마 끝 달의 찬장을 열고
맑게 씻은
접시 하나 꺼낸다

오늘 저녁엔 내어줄 게
아무것도 없구나
여기 이 희고 둥근 것이나 핥아보렴

청국장 사건

　거 의　백만　년　만에 집에서 청국장을 끓
여먹었는데, 고양이들이 일제히 근심스러운 표정으로 어서 도망가
야 하는 거 아니냐며 웅앵웅거리는 걸 겨우 간식으로 달래주었다.

늦가을 생강나무 아래서

꼴짜기에 울긋불긋 단풍이 들 무렵이었다. 장인어른과 장모님은 평소와 다름없이 산책을 나갔다 돌아오는 길이었다. 부슬부슬 비가 내리는데, 산에서 아깽이 울음소리가 들리더란다. 벌써 몇 년째 길에서 구조한 고양이들에게 밥과 집을 내어준 시골 집사로서 장인어른은 차마 그냥 지나칠 수 없었던 모양이다. 기어이 울음소리가 나는 곳으로 올라가보니 생강나무가 늘어진 덤불 속에 조막만 한 새끼 고양이 세 마리가 비에 젖어 오들오들 떨고 있더라는 것이다. 무엇보다 눈에는 눈곱이, 코와 입은 콧물과 침으로 얼룩져 지저분하기 짝이 없었다고.

냥줍이나 구조는 더 이상 안 된다는 사위와 딸의 말이 생각나 그냥 모른 척할까도 생각했지만, 머리보다 빠르게 이미 장인어른의 손은 아깽이들을 주섬주섬 품 안에 넣고 있었다나 어쨌대나. 그렇게 장인어른은 생강나무 아래서 세 마리 아깽이를 가슴에 안고 돌아왔다. 비도 오는데 지붕도 없는 곳에서 저대로 밤을 새우면 안 될 것 같았단다. 그렇게 데려온 고양이를 대충 수건으로 물기를 닦고 박스에 헌옷을 깔아 넣어놓고는 이제 어떡하면 좋으냐고, 장모님이 문자를 보내오셨다. 꼴이 말이 아니라고. 나는 우선 동물병원에 가서 고양이 분유를 사다가 먹이고 되도록 따뜻하게 재우라고만 답했다. 아무래도 자세한 상태는 주말에 가서 살펴봐야 할 것 같았다.

노랑이 두 마리와 삼색이 한 마리. 태어난 지 3주 안팎으로 추정되는 녀석들이었다. 주말에 와서 보니 노랑이 한 마리는 이미 잘 걷지도 못하고, 숨도 가쁘게 몰아쉬는 게 상태가 매우 안 좋았다. 삼색이도 분유 먹는 게 영 신통치 않았다. 그나마 다른 노랑이 한 마리는 재채기를 하면서도 분유는 곧잘 받아먹었다. 잘 모르는 내가 보기에도 녀석들은 허피스에 걸린 것 같았다. 녀석들 모두 면역력이 약한 아깽이들이어서 치료가 시급해 보였다. 하지만 일요일인지라 근처 동물병원은 문을 닫았고, 하는 수 없이 집으로 데려가 내일을 기약하는 수밖에 없었다. 빽빽 우는 녀석들을 박스에 넣고 자동차로 2시간. 집에 도착하자마자 박스를 옮기고 녀석들을 살펴보는데, 아! 2시간의 차량이동이 힘들었을까, 아니면 더 이상 버틸 힘이

없었을까? 상태가 가장 안 좋았던 노랑이가 서둘러 무지개다리를 건넜다.

이튿날 눈 뜨자마자 병원에 가려고 박스를 살펴보니 어제까지 그럭저럭 잘 버티던 삼색이마저 뻣뻣하게 몸이 굳어 있었다. 혹시 범백이나 다른 전염병이 아닐까. 걱정이 되어 곧바로 남은 한 마리를 데리고 동물병원을 찾았다. 몸무게 300그램. 생후 3주가 조금 넘은 아이. 의사 선생님이 고양이 이름이 뭐냐고 묻기에 엉겁결에 나는 '생강이'라고 대답해 주었다. 생강나무 아래서 구조해 왔으니 생강이가 불쑥 떠오른 것이다.

"허피스 같아요, 선생님! 하룻밤 사이에 두 마리가 떠났어요."

"어디 봅시다."

한참이나 생강이를 살펴보고 진료하던 의사 선생님이 입을 열었다.

"칼리시네요. 조금만 더 늦었어도 큰일 날 뻔했어요. 새끼들은 면역력이 약해서 칼리시에 걸리면 거의 죽는다고 봐야 해요. 다행히 입원까진 안 해도 될 것 같아요."

가뜩이나 아픈 몸의 생강이는 두려움에 바들바들 떨며 항생제 주사를 맞았다.

"집에 다른 고양이 있으면 당분간 격리시켜 주시고, 분유 먹일 때마다 이 가루약 타서 먹이시고, 박스에 넣어놓지만 말고 운동도 좀 시키세요. 그래야 더 빨리 좋아져요. 4~5일 상태를 보고 병원에 또 오세요. 너무 걱정하지 마세요. 좋아질 겁니다."

생강이는 병원에 다녀온 뒤로 조금씩 몸이 나아졌다. 하지만 재채기가 심해 이후에도 두 번이나 더 병원 신세를 졌다. 세 번에 걸쳐 병원을 다녀온 뒤에야 녀석은 눈곱과 콧물과 설사가 잡히고, 몰골도 좀 봐줄 만큼 좋아졌다. 사실 집안의 터줏대감인 네 마리 고양이는 생강이가 오기 전부터 격리를 해둔 터였다. 얼마 전 이사를 가기 위해 집을 내놓은 뒤로 녀석들에게 안방을 내주었는데(이따금 집을 보러 오는 사람들이 고양이를 보고 놀라거나 무섭다고 하는 바람에⋯. 고양이 입장에서는 당신들이 더 무서웠을 거예요.), 자연스럽게 생강이는 거실과 작은 방을 차지하게 되었다.

야생 본색

　　　　　　　　세 번에 걸쳐 병원에 다녀온 뒤로 생강이는 몰라보게 좋아지기 시작했다. 약을 먹이는 초반에는 은신박스에서 기척도 없이 누워 있기만 해서 의사 선생님의 권고대로 가벼운 운동을 시키곤 했다. 날씨가 춥지 않은 낮 시간에는 테라스에 나가 바깥바람도 쐬고, 걸음마 연습도 시켰다. 며칠이 지나자 녀석은 제법 동작도 빨라지고, 활기가 넘쳤다. 어쩔 수 없이 야외에서의 운동은 그만둘 수밖에 없었다. 멋모르고 테라스 아래로 뛰어 내려가면 더 이상 통제할 수가 없기 때문이다.

　　때마침 날씨도 쌀쌀해지기 시작해 녀석은 꼼짝없이 실내생활에 만족해야 했다. 사실 다래나무집에서 이 녀석을 데려올 때 장인어른은, 녀석이 건강해지면 곧바로 데리고 내려오라고 말씀하셨다. 다래나무집 고양이의 상당수가 길에서 구조해온 고양이들이니 생강이도 녀석들과 잘 어울리지 않겠느냐는 거였다. 하지만 생강이의 상태가 예상보다 심각했던 상황이었고, 곧 다가올 추운 겨울에 제대로 바깥 생활을 할지도 의문이었다. 결국 나는 녀석이 아직 온전치 않으니 겨울을 날 때까지만이라도 데리고 있기로 했다.

아직 안심할 단계는 아니지만, 생강이는 호흡기가 좋아지면서 슬슬 산고양이로서의 야생 본색을 드러내기 시작했다. 녀석은 수시로 발등을 물거나 발톱을 세워 내 몸에 영역을 표시했고, 집안의 가구란 가구는 다 긁어댔다. 골판지 스크래처를 3개나 마련해 주었지만, 녀석은 오직 나무로 된 가구만을 골라 스크래처로 삼았다. 천지가 나무인 산에서 태어난 고양이다웠다. 뿐만 아니라 툭하면 컴퓨터 뒤로 돌아가 선을 씹으려 하는 통에 수시로 잡지와 책으로 성벽을 쌓아야 했는데, 번번이 녀석은 책끈이 달린 책만을 골라 잡아당기는 전략으로 공성전을 승리로 이끌었다.

하지만 이 녀석 야생적인 행동과 달리 겁은 겁나 많아서 내가 잠시 외출이라도 나가면 집으로 사용하던 원형 스크래처를 놔두고 꼭 계단 밑 잡동사니 틈바구니를 파고들어 몸을 숨기곤 했다. 택배가 와도 숨고, 바깥 테라스 급식소에 길고양이가 밥을 먹고 있어도 낮은 포복으로 기어가 예의 그곳으로 숨었다. 내 앞에선 마구 막 야성을 드러내면서 혼자 있거나 다른 사람, 다른 고양이의 출현에는 곧바로 겁쟁이가 되었다. 이래서 나중에 어디 다래나무집 마당고양이로 살 수나 있을지 걱정스러운 대목이다.

인간 아이는 괜찮아

어쩌다 보니 우리 가족은 주말에만 상 봉하는 주말가족이 되었다. 아내는 서울에서 직장을 다니고, 아들은 처가에서 할머니, 할아버지와 사는 관계로 또 떨어져 있다. 우리는 주말마다 아들이 있는 처가에서 상봉한다. 사실 이런 세 집 살림을 그만하자고 집을 부동산에 내놓았지만, 1년 넘게 팔리지 않고 있다. 주말마다 처가에 내려가다 보니 생강이 또한 분유와 처방약을 먹던 시기에는 동행을 할 수밖에 없었다. 오며 가며 4시간이나 차량 이동을 해야 했지만, 생강이는 생각보다 처가에 내려가는 것을 좋아했다.

어쨌든 그곳이 자신을 구조해온 장소이고, 처음으로 따뜻한 인간의 손길을 느꼈던 곳이기 때문일지도 모르겠다. 그리고 또 하나, 녀석은 만만한 아들과 노는 것을 좋아했다. 하긴 대부분의 고양이는 인간 어른보다 인간 아이를 더 좋아하는 경향이 있긴 하다. 아들 또한 주말이면 우리 부부보다 생강이를 더 기다리곤 했다. 생강이는 아들을 만나면 언제 아팠느냐는 듯 활기차게 뛰어놀았다. 아니, 좀 더 솔직히 말하자면 놀자고 보채는 쪽은 늘 생강이였다. 다른 인간 아이와 마찬가지로 아들은 '베이블레이드 버스트'(팽이싸움하는 TV애니메이션)도 봐야 하고, 게임도 해야 하고, 숙제도 해야 했으므로 마냥 고양이와 놀아줄 수만은 없었다.

그러나 생강이는 그깟 독서나 게임 따위보다 나랑 노는 게 더 재미있지 않느냐며 아들의 '딴짓'을 방해했다. 특히 아들이 가장 즐겨하는 팽이놀이를 할 때면 어김없이 나타나 팽이를 멈춰 세우곤 했다. 아들은 돌리고, 생강이는 멈춰 세우고. 가끔은 아들 몰래 팽이를 가져와 혼자 돌려보려고 애쓰다가 에라 모르겠다, 드리블을 하며 놀았다. 놀면서 정이 들었을까. 아들은 겨울방학을 맞아 오로지 생강이가 보고 싶다며 시골에서 올라와 한참이나 머물렀다. 아들이 머무는 동안 두 장난꾸러기는 매일같이 붙어서 아옹다옹 투닥거렸다.

생강이의 야생성도 한풀 꺾여 아들 앞에서만큼은 최대한 발톱을 숨겼다. 한번은 아들 녀석이 엄마 아빠의 상처투성이 발등을 보면서 생강이가 자기만 좋아하는 거라며 어깨를 으쓱거렸다. 하긴 녀석이 저렇게 일삼아 놀아주는데 고양이가 싫어할 리가 있나. 역시나 고양이는 인간 아이를 좋아하는 거라며 나와 아내는 스스로를 위로했다.

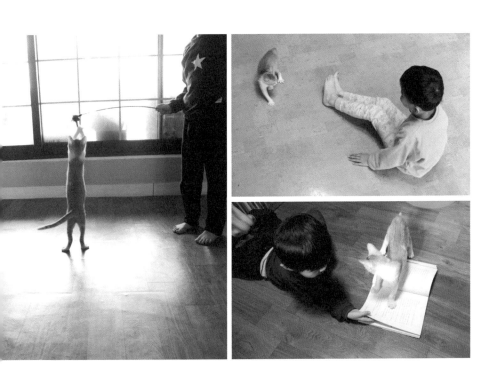

고양이주의자

　　　　　　어느 날 우연히 고양이를 만나 나는 고
양이주의자가 되었다.

　옹색하게 앉아서 고양이를 구경하다가 나는 고양이주의자가
되었다.

　어느새 다가와 내 앞에 앉은 고양이를 위해 주섬주섬 주머니를
뒤지다 나는 고양이주의자가 되었다.

　주의 없이 고양이를 공격하고 비난하는 무리들을 보면서 나는
고양이주의자가 되었다.

　언제나 도망치기 바쁜 너희들의 뒷모습을 보면서 나는 고양이
주의자가 되었다.

더는 쫓기지 않기 위해 내 무릎으로 올라온 고양이를 쓰다듬다가 나는 고양이주의자가 되었다.

길에서 데려온 고양이와 마주앉아 밥을 먹다가 나는 고양이주의자가 되었다.

그리고 여전히 길 위에서 살아가는 고양이들이 있어 나는 고양이주의자가 되었다.

그렇게 하지 않을 수도 있었지만, 그렇게 할 수밖에 없었으므로 나는 고양이주의자가 되었다.

고양이와 인연을 맺은 지도 벌써 11년, 길고양이였던 랭보가 집으로 온 지도 10년이 되었다. 탁묘로 우리집에 와 아예 눌러앉은 랭이는 7년 반 넘게 함께 살다 고양이별로 떠났다. 체는 나이가 들면서 더욱 겁쟁이가 되었고, 루는 여전히 깍쟁이로 살고 있다. 아들보다 보름 먼저 태어난 니코마저 아홉 살이 되었는데, 여전히 녀석은 어릴 때의 외모에서 크게 벗어나지 않았다. 순식간에 10년의 세월이 흐른 느낌이다.

어쩌다 길고양이를 만나 밥을 주기 시작한 것이 여기까지 오게 만들었다. 그러는 동안 10여 권의 고양이 책을 내고, 한 편의 고양이 영화에도 참여했으니 이러구러 고양이 작가질도 꽤나 용을 쓴 모양새다. 10년 전만 해도 내가 이렇게 되리라고는 전혀 예상하지 못했다. 그래서 후회하세요?, 라고 누군가 물었을 때, 가끔은, 이라

고 나는 답했던 것 같다. 고양이를 만나지 않았다면 최소한 지금보다는 신간 편한 인간으로 살고 있을 것임은 분명하다. 하지만 과거로 돌아가 다시금 똑같은 상황이 펼쳐진다면 난 똑같은 선택을 했을 것이다.

가뜩이나 고달픈 인생을 살면서 고양이는 그저 옆에 있는 것만으로 위로가 되었다. 어떤 날엔 그렇게 우울하게 앉아 있지만 말고 내 등이라도 쓰다듬으라며 나를 재촉했고, 어떤 날엔 무슨 걱정이 많아서 그렇게 한숨이냐며, 그럴 거면 어서 캔이나 따보라고 나를 다그쳤다. 의욕 없이 책상에 앉아 창밖을 보고 있던 날엔 그렇게 의미 없이 밖이나 보지 말고 자기를 보라며 야옹거렸다. 내가 심심하지 않도록 꾸준하게 주방의 그릇을 밀어서 깨뜨렸고, 선반의 항아리는 떨어뜨리려고 있는 게 아니냐며 낙하 실험도 멈추지 않았다. 털을 날리고 스프레잉까지 하면서 수시로 내가 고양이 알러지 체질임을 확인시켜 주었고(사석에서 이 얘기를 했더니 다들 고양이 작가가 고양이 알러지라며 놀려서 가급적 이 얘기는 안 하려고 했지만), 자판을 두드리는 내 손을 밀쳐내고 자판 위에서 몸소 탭댄스를 선보임으로써 나의 희미해져가는 창작의욕을 고취시켰다. 결정적으로 한번은 생이 슬퍼 우는 아내의 손등을 물어 강제로 울음을 그치게 만들었다(대신 비명을 질렀고).

고양이와 함께 사는 사람들은 다들 그렇겠지만, 10년의 시간이 마냥 순조롭지만은 않았다. 아내가 임신했을 때는 친구는 물론 가까운 가족에게도 고양이를 내다 버리라는 소리를 귀가 따갑도록 들었다. 고양이 작가로서 고양이 이야기를 쓰다보면 악담과 비난이 늘 끊이지 않는다. 여전히 내가 사는 시골에서 나는 길고양이 밥을 준다고 고양이에게 미친놈 소리를 음악처럼 듣고 산다. 뭐 처음 몇 번은 논리적으로 그들에게 이해를 시켜보려고도 했지만, 말이 통하지 않으니 이길 수가 없다는 진중권 집사의 명언만 확인했을 뿐이다.

그저 고양이가 좋아서 나는 고양이주의자가 되었다.
고양이와 함께 살기 위해 나는 고양이주의자가 되었다.
그렇게 하지 않을 수도 있었지만, 그렇게 할 수밖에 없었으므로 나는 고양이주의자가 되었다.

함께 살기 위한 통과의례

 **생강이가 집에** 온 지도 6개월이 넘었다. 처음 집에 데려왔을 때의 아프고 꾀죄죄한 몰골을 기억하는 나로서는 녀석이 그때 그 고양이가 맞나 의심스러울 정도가 되었다. 그때만 해도 걷는 것조차 힘겨워하더니 이제는 거의 날짐승이 다 되었다. 장난도 장난 아니게 심해서 거실의 화장실 주변을 툭하면 사막으로 만들어버리곤 한다. 내가 보기에 녀석은 화장실을 특별한 용무가 있어 사용할 때보다 모래를 사방에 좌르르 뿌리는 재미로 이용할 때가 더 많은 것 같다. 게다가 녀석은 사람의 발등을 자신의 날카로운 발톱으로 콕 찍어 표시를 해두는 취미가 있다. 오죽하면 우리 부부가 녀석의 별명을 '사막의 전갈'로 지었을까.

한번은 생강이가 치료받은 동물병원을 들러서 중성화수술을 언제쯤 하면 좋으냐고 상담한 적이 있는데, 의사 선생님께서는 한두 달 정도는 더 지켜보고 하는 게 좋을 것 같다고 말씀하셨다. "녀석이 막 날아다닐 정도로 건강한데요?" "재채기는 계속 하고 있죠? 보기에는 건강해 보여도 아직은 좀 더 회복이 필요해 보입니다." 하긴 얼마 전까지 죽을 고비를 넘긴 녀석이니 조금 더 지켜볼 필요가 있어 보였다. 하지만 발정기에 이른 녀석은 밤새 시끄럽게 울어대고, 격리 중이라 닫아놓은 고양이 방문을 수시로 잡아당기며 소란을 피웠다. 결국 더 지켜보자던 한두 달을 다 채우지 못하고, 병원을 찾았다. 집안에서 그렇게 날아다니던 생강이도 뭔가 이상한 느낌이 들었는지 병원으로 가는 차안에서 내내 두려운 눈빛으로 우앵거렸다.

수술은 잘 끝났다. 하지만 수술이 끝난 녀석의 눈빛은 세상이 무너져내리고, 모든 것이 다 끝났다는 표정이었다. 집에 도착해서도 한동안 녀석은 시무룩하게 누워 있었다. 그러나 하룻밤 자고 난 녀석의 표정은 다시금 장난기 가득한 눈빛으로 바뀌어 있었다. 밥도 잘 먹고, 잘 놀고, 잘 뛰어다녔다. 마치 전날 수술했다고는 믿을 수 없을 만큼 용감무쌍하게 거실을 헤집고 다녔다. 수술 후 3일째 되는 날이었다. 역시나 녀석은 거실을 날아다니고 있었는데, 녀석이 숨을 고르며 그루밍을 하는 모습을 살펴보다가 나는 가슴이 철렁했다. 수술 부위가 0.5센티미터쯤 벌어져 있는 거였다. 수술 후 의

사는 수술 부위를 본드로 붙이고 한 번 더 스테이플러로 고정해서 안전하다고 했는데(내 눈으로 직접 확인도 했고), 고정한 스테이플러는 온데간데없었다. 아무래도 그루밍을 하던 녀석이 이 거추장스러운 건 뭐지, 하면서 이빨로 잡아 뺀 게 분명하다. 하~ 고 녀석 참!

나는 녀석을 다시 이동장에 넣고 병원으로 달렸다.

"선생님! 이 녀석이 이빨로 스테이플러를 뺀 거 같아요. 수술 부위가 이렇게 벌어졌어요."

"아이고, 큰일 날뻔했네요. 이번엔 실로 꿰매야겠어요."

뜻하지 않게 녀석은 수술대에 다시 올랐다.

"아유 성가신 놈. 좀 진득하게 가만있으면 안 되냐?"

집으로 다시 돌아오며 나는 생강이에게 한 마디 쏘아붙였다. 녀석도 지지 않고 이동장 안에서 옹냥냥거렸다. 이것으로 끝이 아니었다. 다음 날 저녁 무렵 녀석의 배를 살펴보니 꿰맨 실까지 다 뜯어서 없애버리고 또다시 수술 부위는 벌어져 있었다. 하는 수 없이 이튿날 아침에 다시 녀석을 싣고 병원으로 향했다. 의사 선생님도 이런 녀석은 처음 본다며 고개를 절레절레 흔들었다. 결국 세 번이나 수술대에 오른 끝에 녀석의 중성화수술은 대장정의 막을 내렸다. 다행히, 또 잡아 뺐다간 병원에 갈 것 같으니 마지막엔 이를 악물고 참았던 것 같다는 게 내 결론이다.

고백건대 처음 고양이를 알게 되었을 때만 해도 나는 중성화수술에 대해 다소 미온적인 태도를 보인 게 사실이다. 시기와 관계없이 나중에라도 언제든지 중성화수술만 하면 되는 줄 알았다. 그러나 함께 사는 다섯 마리 고양이의 중성화수술을 다 끝마칠 즈음에야 나는 중성화수술에도 적당한 시기(생후 5~6개월)가 있고, 수술로 인해 고양이의 '삶의 질'도 훨씬 높아진다는 것을 알게 되었다. 특히 암컷의 경우 수술을 미루어 임신과 출산을 반복하게 되면 온갖 질병에 노출돼 결국 힘든 여생을 살아야 한다는 것도 알았다. 말하자면 중성화수술은 선택이 아니라 필수이며, 함께 살기 위한 통과의례 같은 것이다.

바쁜 일이 좀 끝나면, 우리 아기 백일까지만 좀 넘기고, 아버지가 병원에서 퇴원할 때까지만……. 나만의 힘든 사정으로 미루고 미루다보면 결국 함께 사는 집사에게도 좋을 것이 없다. 솔직히 내가 고양이에게 바라는 건 별로 없다. 힘들 때 내 마음을 다독이지 않아도 되고, 애교로써 나에게 웃음을 주지 않아도 괜찮다. 그저 사는 동안 녀석들이 건강하게 살면 그만이다. 다른 건 아무래도 좋다. 남들만큼 풍족하고 행복하게 못해줘서 그저 미안한 마음뿐이다.

나이 든다는 것

"사실 고양이들은 오래 사는 것보다는 어떻게 사느냐에 관심이 더 많을 것입니다. 고양이들은 지금 이 순간과 다음 식사에 관심이 있지 오지도 않은 미래에 대해서는 관심이 없습니다. 오랫동안 고통스럽게 사는 것보다 짧지만 즐겁게 사는 것을 고양이는 더 좋아할 거라고 생각합니다."

_댄 포인터 『나이든 고양이와 살아가기』 중에서

세월 참 빠르다.

랭보는 이제 열 살이 되었다. 고양이의 열 살은 인간의 나이로

치면 50대 중반에 해당한다. 나와 함께 10년을 사는 동안 녀석은 어느덧 나보다 나이 많은 고양이가 된 거다. 나이가 든다는 것, 산 날보다 살 날이 많지 않다는 것, 청춘이 다하고 병약한 말년이 온다는 것은 어쩔 수 없는 자연의 섭리다. 어려서부터 이빨이 약했던 랭보는 얼마 전부터 치주염으로 고생하고 있다. 염증이 있으니 사료를 잘 씹지 못하고, 억지로 삼킨 사료마저 토해내기 일쑤다. 어쩔 수 없이 녀석을 위해 습식사료를 제공하고 있지만, 이게 근본적인 해결책이 아니란 걸 나도 안다.

그동안은 가끔씩 고양이보호협회에서 항생제를 신청해 먹여왔는데, 이 또한 완전한 치료방법은 아니다. 동물병원에서는 이를 다 뽑는 발치를 권하고 있지만, 수술 후에도 상태가 개선되지 않는 난치성도 10마리당 3마리나 된다고 하니 선뜻 수술을 결정하기도 쉽지가 않다. 랭보는 치주염 말고는 그럭저럭 괜찮은 편이다. 체중이 많이 줄긴 했지만, 여전히 그루밍도 열심히 하고, 활동량은 다소 줄었지만, 여전히 높은 선반을 오르내리며 곧잘 우다다도 한다.

고양이와 함께 산다는 것, 고양이의 평생을 지켜본다는 건 결코 쉬운 일이 아니다. 최소 15년 안팎의 시간과 돈(고양이 한 마리를 평생 키우는데 약 1800~2000만원의 비용이 든다는 통계도 있다)이 필요하고, 한결같은 마음과 책임감이 필요하기 때문이다. 모든 만남에는 끝이 있겠지만, 랭보야! 사는 동안만큼은 건강하게 살아다오.

묘생

　　　　　　　　너는 가고 나는 남았다.

어떤 묘생은 어두워진 뒤에야 겨우 빛난다.

당신에게 고양이

2018년 7월 10일 초판 1쇄 펴냄
2020년 7월 30일 초판 2쇄 펴냄

지은이 이용한
발행인 김산환
책임편집 윤소영
펴낸 곳 꿈의지도
디자인 형태와내용사이
인쇄 다라니
종이 월드페이퍼

주소 경기도 파주시 경의로 1100, 604호
전화 070-7535-9416
팩스 031-947-1530
홈페이지 www.dreammap.co.kr
출판등록 2009년 10월 12일 제82호

ISBN 979-11-87496-87-8 03810